任性出版

精英必備的素養：全唐詩

初唐到中唐精選

尋尋覓覓的人生啟發、
不能直話直說的心事，
他們用千古名句表述己志。

文章點擊量超過 75 萬次、
作品銷售超過 12 萬冊

鞠菟 ◎著

目錄

初唐到中唐精選

第一部　初唐——「唐詩」的故事，是怎麼開始的？

第二部 盛唐——筆落驚風雨，詩成泣鬼神

第三部 中唐——以詩明志，完節自高

中唐到晚唐精選

第四部 晚唐，詩的最高峰——夕陽無限好

作者序
在喧囂的時代，追求詩詞之美

拙作《精英必備的素養：全唐詩》自出版以來，受到多方關注，其間相繼有港臺朋友來詢是否有繁體中文版。感謝大是文化，滿足了此方面的需求。

在創作本書時，筆者原以為身處這個緊張、喧囂、浮躁的時代，詩詞和歷史的題材已屬小眾，不會受到太多注目。意外的是，一經發行就有無數讀者表達，他們對本書的喜愛之情，其受眾範圍從在校師生到專業人士、從普通大眾到科研人群。這使筆者發現，對古典詩詞之美的欣賞，雖曾一度呈式微之勢，但仍有許多人，從未放棄對這種美的追求、探尋，以及對中國悠久歷史文化的熱愛。更令筆者欣慰的是，透過讀者的回饋可以發現，在走向現代文明的價值觀方面，吾道不孤。在筆者看來，這點甚至比弘揚中國傳統文化的精華意義更為重大。

基於一段眾所周知的歷史，中國在傳統文化的傳承上，出現了令人扼腕的斷裂期，而臺灣、香港地區的文化發展過程，則相對比較良性自然。據此，筆者相信本書的繁體中文版能夠在良好的文化氛圍中找到它的欣賞者。最後，衷心感謝親愛的讀者們給予的支持！

錄吾友雪落吳天為本書所題七律，為開卷之引：

摘句尋章未肯休，飄香文字幾曾留。
襟懷歷歷興亡業，吟詠瀟瀟唐宋秋。
青史風濤筆底合，紅塵花月卷中收。
開篇欲解騷人意，萬古江河水自流。

前言
給一個唐朝名人，可以串起全唐的詩人

阿基米德說過，只要給他一個支點，就可以撐起地球。同理，只要給出一個唐朝的名人，也可以用他來串起全唐的詩人，因為他們之間有很多不為人知的聯繫，以及很多趣味盎然的典故。

從初唐的李世民、駱賓王、宋之問、王勃、楊炯、盧照鄰、陳子昂、張若虛、賀知章、張說，到盛唐的李白、杜甫、王維、張九齡、孟浩然、王昌齡、王之渙，接著是中唐的白居易、元稹、劉禹錫、柳宗元、韓愈、孟郊、賈島、李賀，最後到晚唐的杜牧、李商隱、張祜、溫庭筠、韋莊……在這些詩人及其詩歌背後，串聯著浩瀚如煙海、璀璨如星空的精彩故事，上起春秋戰國，下至明清近代，有的故事令你感動得熱淚盈眶，有的故事則令你激動得熱血沸騰。

本書將透過你耳熟能詳，或似曾相識的唐詩，幫助你了解其相關的名人和典故，內容的七〇%源於可靠的正史，二〇%源於詩話、小說等令人喜聞樂見的野史，其餘一〇%則是作者穿針引線的聯想和演義。

本書並非嚴謹、枯燥的史書，而是讓讀者有輕鬆愉悅的閱讀感受，無疑是老少咸宜的睡前好讀物。建議所有家長培養孩子從小讀唐詩、讀歷史的愛好，使之成長為一位腹有詩書氣自華的人。

簡介完畢，就讓我們一起開始這場美輪美奐的唐詩之旅吧。

第一部

初唐

「唐詩」的故事，是怎麼開始的？

第一章

有千古一帝開創盛世，詩人才能留下經典

唐朝的偉大詩人可謂群星閃耀，令人眼花繚亂。從哪一位聊起比較合適呢？

按照中國的傳統，不論單位裡有多麼傑出的人物，首先都應歸功於一把手的領導有方。如果說唐太宗李世民，為唐詩的輝煌打下了堅實的基礎，在政治上絕對正確。正因為他苦心營造貞觀之治，才開創了偉大、光榮的唐朝，許多才子生活在那個時代，才有了可以酣暢淋漓發揮才能的空間。太宗皇帝只有一首詩為人所熟知，就是《贈蕭瑀》：

疾風知勁草，板蕩識誠臣。
勇夫安識義，智者必懷仁。

「疾風知勁草」其實並非唐太宗首創，版權屬於漢光武帝劉秀（筆者最欣賞的中國古代君主，沒有之一）。《贈蕭瑀》全詩無甚精彩，只有最後一句「智者必懷仁」勉強鎮得住檯面，它教育我們「有才無德」是不好的。

比此詩本身更有意思的是，被贈詩的蕭瑀，他稱得上是一位千足金的「貴二代」。那些大言不慚、自誇「能力之外的資本等於零」，而讓大家莞爾的當代「貴族」們，如果跟蕭瑀比家世，瞬間就變成魯蛇。

史上最硬的後臺

有一次唐太宗辦了一場宮廷夜宴，請朝廷重臣們喝酒。不知道出於什麼動機，也許僅僅是喝多了，他突然冒出一句令人匪夷所思的話：「自知一座最貴者，先把酒。」當夜牛人（按：高手）滿座，長孫無忌、房玄齡、杜如晦等名相正在暗自思忖，自己還是溫良恭儉讓吧，不要當被槍打的出頭鳥。

沒想到蕭瑀氣定神閒，伸手就把面前的酒杯端了起來。太宗笑咪咪的問：「蕭愛卿怎麼個說法啊？」蕭瑀中氣十足的回答：「臣乃是梁朝天子兒，隋朝皇后弟，尚書左僕射，天子親家翁。」太宗聞言拍手大笑，滿座也無人不服。

蕭瑀的高祖父（按：即曾祖父的父親）是梁武帝蕭衍，就是皇帝當好好的，突然丟下國家大事和滿朝文武，跑到寺廟出家，然後讓自己的朝廷出鉅款，贖回肉票的神人。沒有最神，只有更神的是，此事他居然樂此不疲的連做了四次，簡直把「逃家出家」當成事業。

蕭瑀的曾祖父是大名鼎鼎的昭明太子蕭統，主編過中國現存的最早一部詩文總集《昭明文選》，也就是南北朝版的文言散文選集《古文觀止》。

蕭瑀的父親是梁明帝蕭巋（按：音同虧），據說機敏善辯，善於安撫部下。蕭瑀的親姐姐是隋煬帝楊廣的皇后蕭氏，隋煬帝死後，這位歷史上有名的屢遭桃花劫的美女皇后，一直在突厥生活，傳說後來唐太宗納她為昭容（按：後宮嬪御等級之一），也就是說，蕭瑀就是李世民的小舅子。

此外，蕭瑀的兒媳婦是唐太宗的女兒襄城公主，這位金枝玉葉下嫁了蕭瑀的長子蕭銳。其實蕭瑀還算謙虛，如果再多說兩句，他本人和隋煬帝是多年的私交；他的妻子是隋文帝獨孤伽羅皇后（河東獅吼派開山掌門）的親侄女，那就表示，他的妻子與獨孤皇后的親外甥唐高祖李淵是表兄妹……。

西諺有云，一百年才能養成一個貴族。蕭家在三個朝代都是皇族宗室的子孫，差不多滿足這個條件。如果按此硬標準，中國大部分的當代「貴族」只能算是「富二代」，還當不起「貴二代」之稱；精神境界的軟標準，就更不用提了。許多暴發戶以為全身上下都是名牌，就可以堆出貴族風範，他們不明白，像《悲慘世界》裡那位窮得家裡只有一副銀餐具的主教，才是真正的貴族風範。

蕭瑀的家世資本這麼厲害，那能力又如何呢？

唐朝初年的尚書僕射就是宰相，蕭瑀一生五次拜相（按：就任宰相職位）。唐太宗評價他：「此人不可以厚利誘之，不可以刑戮懼之，真社稷臣也。」蕭瑀的榜樣說明，不是所有的富貴二代都沒用，就看自己有沒有能力。如今爭氣的富二代好像越來越稀缺，只顧忙著自己事業的父母難辭其咎。他們要麼不注重培養子女，要麼就是錢多任性的瞎培養子女。

因為功勞卓著，蕭瑀位列唐初「凌煙閣開國二十四功臣」，與之為伴的是「風塵三俠」之一的李靖、神機妙算的瓦崗寨（按：中國隋末民變的一支起義軍）軍師徐懋功（也稱徐茂公）、尉遲恭與秦叔寶這對三鞭換兩鐗的門神、三板斧的程咬金，還有「以人為鏡可以明得失」的魏徵之類家喻戶曉、百姓喜聞樂見之能人。

既然蕭瑀曾五次拜相，當然也五次罷相，大概是因他忠誠耿直但失於偏狹，宰相肚裡還不能撐船，經常在唐太宗面前說同僚的不好。有些皇帝喜歡聽臣下偷偷告狀，但是唐太宗性格開明，傾向於看人的長處，所以對蕭瑀這一點不是很滿意。

同樣為臣的魏徵曾對唐太宗評論，以蕭瑀的性格來說，很容易不得好死，除非是遇上寬容的聖主。還好蕭瑀的運氣確實不錯，真被他攤上中國三千年歷史中，對臣子寬容度（但對兄弟不寬容）可能排進前五名的李世民，雖然五次罷相，卻還屢屢起復。

千古一帝

唐太宗不但有容人之量，而且在納諫改過方面，更稱得上千古一帝。大多數的人聽到自己被批評時，都會很不愉快，而一言九鼎、掌握人民生殺大權的帝王們，在納諫時得自我克制，相較之下更不容易。

儘管隋朝結束了三國兩晉南北朝的數百年亂世，但三十七年後，二世而亡，大一統局面只是曇花一現。隋末大亂中，群雄逐鹿中原，李世民在建立、統一唐王朝的過程中，屢立大功，從而以次子的身分，成為皇儲的潛在競爭者，與太子李建成之間，逐漸由一母同胞的親兄弟，發展為勢不兩立的對手。

為了贏得這場生死之爭，不被李淵支持的李世民，發動玄武門之變，史書上明確記載，他將兄弟侄兒統統殺光，未記載但合理的猜測是他還軟禁了父親，才當上皇帝。

我們可以想像，得位不正給李世民造成多大的心理壓力。再聯想前朝的隋煬帝楊廣，也是作為次子先立下滅陳大功，又費盡心機奪走長子楊勇的太子之位，但即位後驕奢淫逸、好大喜功、虛耗國力，使得強盛的隋朝二世而亡。這樣相似而慘痛的前車之鑑近在眼前，使得李世民立志要做一代明君，以洗刷自身歷史汙點，不能不更加警惕。他即位後，大部分的時間裡都能以隋煬帝為戒，不斷克制欲望、從諫如流，以期讓自己在親情上的巨大失敗，能以治國上的成功來彌補。

正因為如此，唐太宗最顯著的優點就是虛懷納諫，透過眾人的監督和規勸，來幫助自己克制身為帝王之尊，而不受約束的個人欲望，其故事之多，在中國古代君主之中無出其右者。這個優點在一定程度上，可彌補獨裁政治體制的缺點，即使只限於少數的幾個方面。

唐太宗開啟著名的貞觀之治，為偉大輝煌的大唐打下了堅實的基礎，基本實現了他的人生抱負，並被後世標榜為明君楷模。就在他晚年開始志得意滿、有好大喜功跡象出現時，他就駕崩了，逃過了許多明君「靡不有初，鮮克有終（按：有好的開始，但是最後卻不了了之）」的規律。李世民的著名曾孫唐玄宗李隆基，就是此規律的典型代表：前半生一手開創了開元盛世，將唐朝推上光輝的頂峰；後半生一手縱容出安史之亂，將唐朝拋入萬丈深淵，甚至埋下了滅亡的伏筆。

荊軻沒做到的，趙高替他完成

貞觀年間，大唐的第一批詩歌天才相繼誕生，他們是唐詩星空中，最先閃耀出奪目光芒的「初唐四傑」王楊盧駱（按：即王勃、楊炯、盧照鄰、駱賓王）。我們先從孩提時期就耳熟能詳的詩來介紹：

> 鵝鵝鵝，曲項向天歌。
> 白毛浮綠水，紅掌撥清波。

中國的孩子大都七歲開始讀小學，若此時能背下幾十首唐詩，會讓父母頗為欣慰。但如果想到這首簡潔明快的《詠鵝》，居然是駱賓王在七歲時所作，殘酷的真相足以令有志培養神童的家長們發狂。

駱賓王的誕生年分眾說紛紜，比較可信的是出生於貞觀初期。他還有一首名作也入選了小學課本。當時他正在秋風蕭瑟的易水畔送別友人，不由想起近千年前荊軻，就是在這裡唱出悲壯的「風蕭蕭兮易水寒，壯士一去兮不復還」，遂提筆寫下《於易水送人》：

此地別燕丹，壯士髮衝冠。
昔時人已沒，今日水猶寒。

荊軻是中國古代著名刺客之一，他之所以名垂青史，是因為他明知身入暴秦、刺殺秦王嬴政是毫無生還機會的任務，卻依然慷慨前行。《天龍八部》主角蕭峰率領燕雲十八騎衝上少室山時，就是這種「雖千萬人吾往矣」。

提到刺秦，電影《英雄》花了幾億大洋來表達的另一種價值觀：為了「統一」的宏大事業，暴君的統治也值得鼓勵，個體要主動犧牲自己的生命來服從。該片具備某類大製作商業電影的典型特徵：富麗堂皇的畫面、單薄蒼白的故事、莫名其妙的邏輯。

為了能夠接近防衛森嚴的嬴政，荊軻的理由是當面獻上燕國督亢（按：音同剛）地區的地圖並詳細講解，這可是秦國多年來最為垂涎的一塊膏腴之地，所以獻圖的請求得到許可。當荊軻在秦王面前，將地圖緩緩展開到最後時，突然寒光一閃，那把正是燕太子丹事先用毒藥淬了好幾天的匕首，嬴政一見就嚇得跳起身來，這就是成語「圖窮匕見」的由來。

荊軻一手拉住嬴政的衣袖，一手抓起匕首刺向他的胸口。生死一線的嬴政用盡全身力氣使勁向後一轉，生生的掙斷了袖子。鋒利的匕首將嬴政貼身的衣衫劃得稀爛，可惜卻差一點，沒有劃傷皮膚，否則嬴政就見血封喉了。

嬴政不敢直線奔逃，生怕被荊軻飛刀奪命，只能繞著朝堂上的大柱子跑來躲避，荊軻在後面緊追不捨。秦國的法律極其嚴苛，臺階下遠遠站立的帶刀武士們，如果沒有接到秦王命令，絕對不准上殿，而且也是遠水救不得近火。旁邊的秦國大臣們，被這個突變驚得目瞪口呆，回神後顧不得手無寸鐵，紛紛以手相搏，但無人攔得住如猛虎般的荊軻。

只有秦王的私人醫生夏無且用手中的藥袋砸過去，荊軻用手一揮將其擊飛，追勢卻不免稍微一緩。嬴政所佩寶劍長約八尺，本是防身利器，驚惶之下一時竟然拔不出來。這時內侍趙高大叫提醒：「大王何不背劍而拔之？」嬴政立刻醒悟過來，把劍鞘推到背後再用力一拔，鏘的一聲長劍出鞘，於是返身回擊。荊軻用短匕首便於隱藏偷襲，在如此對戰之下自然不是嬴政長劍的對手，很快被砍斷左腿。荊軻孤注一擲將匕首飛擊而出，嬴政趕緊把頭一偏，匕首擊中他頭邊的銅柱，發出刺耳的聲音，火光四濺。這時候，武士們才來得及一擁而上，將荊軻殺死。電光火石之間，不可一世的秦王已經在鬼門關走了兩遭，不禁頭暈目眩。

事後秦王重賞夏無且和趙高。夏無且就是一個跑龍套的，真正的主角小內侍趙高，從此走上了事業的陽光大道。秦始皇駕崩以後，趙高先拉攏丞相李斯一起害死嬴政長子——仁慈的扶蘇，又害死大將蒙恬，扶立胡亥為帝，還反過手來幹掉李斯，獨攬大權，進一步將秦始皇的其他兒子們誅殺殆盡。

趙高最有名的故事是用「指鹿為馬」之計，將朝堂上尚敢指鹿為鹿的少數直臣統統消滅，直到將秦二世胡亥也殺掉，使得秦朝二世而亡。荊軻做不到的事情，趙高替他做得乾淨徹底，簡直是對秦國的完美復仇，真不知這兩個人是不是暗中有約在先的無間道。

精衛填海

在關於刺秦的詩歌中，還有一首很出色：

慷慨歌燕市，從容做楚囚。
引刀成一快，不負少年頭。

如果不查資料，很多人可能都想不到，這首豪邁詩歌的作者竟是大漢奸汪精衛。其實這是一首十六句的長詩，起首四句是：「銜石成痴絕，滄波萬里愁。孤飛終不倦，羞逐海鷗浮。」講的是神話精衛填海，把他自己的名字嵌進去了。

《山海經》上記載，炎帝神農氏的小女兒在東海邊遊玩時，不幸溺死，她的靈魂化作小鳥，每天一邊發出「精衛、精衛」的悲鳴，一邊從西山上銜來石頭樹枝投入海中，立志要將東海填平以報仇。

東海龍王不知道和民間文學創作者們究竟有什麼仇、什麼怨，在創作者筆下，牠總是與精衛、哪吒、八仙這些正面形象角色都有過節。其實，在中國古代傳說裡，都是惡龍在搶鏡頭，善龍寥若晨星，筆者只記得唐僧的白龍馬算是善龍。

筆者有時候很好奇，為什麼古代帝王們，會同意用公關形象這麼差的龍來象徵皇權，莫非他們也承認，正如龍的整體素質一樣，在帝王這個群體中，暴君比比皆是，而明君卻鳳毛麟角？

精衛填海這個故事裡，那種直面強敵、敢於鬥爭、不畏艱難、永不放棄的精神，正是青年汪精衛的寫照。面對同盟會多次起義失敗，而泛起的畏懼情緒，汪精衛決意以刺殺滿清攝政王載灃來振奮人心，他後來的妻子陳璧君甘願同去。事敗被捕後，汪精衛在獄中雖知必死，也全無畏懼，寫下的這首詩傳誦一時。負責審訊的肅親王善耆，屬於較開明的君主立憲派，被汪精衛大義凜然的愛國情懷所感動，居然赦免他的死罪。

這位肅親王有個女兒，滿族本名愛新覺羅．顯玗，漢名金璧輝，不過最出名的要屬她的日本名字——川島芳子，因為她的養父是日本間諜川島浪速。川島芳子後來成為臭名昭著的關東軍間諜，不但參與炸死東北王張作霖的皇姑屯事件，和使得東北淪陷的九一八事變，還一手實施導致日軍進攻上海的一二八事變。雖然汪精衛最終走上了歧途，可他的憤青時代還是令人敬佩的。

話題回到**駱賓王，他寫的《於易水送人》是借詠史抒懷**，明眼人不難從中看得出駱賓王的抱負和苦悶。多年後，他果然參與了驚天動地的大事——謀反。

當然，謀反的罪名是由最後的勝利者武則天定義的，而駱賓王自己並不這樣認為。他本人的動機，是推翻牝雞司晨的武則天，匡復李唐皇室。這場戰爭中最有名的，不是其中任何一場戰役，而是一篇文采精華、令武則天本人也嘆服的戰鬥檄文《討武曌檄（按：音同照、習）》。

第二章

看朱成碧、因詩弒親

上一章最後，我們提到《討武曌檄》。一般人覺得曌字很陌生，據說這是武媚娘作為皇太后臨朝稱制掌握大權時，為自己創造出來的日月照空、霸氣側漏的新名字。

武媚娘雖然很有文化，但臉皮恐怕也沒有厚到能為自己起這種名字的地步，筆者認為應該是阿諛奉承者為她擬好的。要了解這段前因後果，就得聊聊唐太宗、武媚娘和徐懋功之間不得不說的故事了。

初露鋒芒而被提防

武媚娘最初是太宗皇帝身邊一個不起眼的才人（按：為一種官廷女官，兼為妃嬪），對，你沒有看錯，她原本是太子李治的小媽（按：即父親的妾）。

某天，有人進獻了一匹烈馬，名為獅子驄，唐太宗身邊的人居然無人能夠馴服。武媚娘一心想要吸引皇帝的眼球，便說：「我能夠制服牠，只需要三樣東西：鐵鞭、鐵錘、匕首。先用鐵鞭打，不服就用鐵錘錘牠，還不服就用匕首捅牠。」聽上去雖然很血腥，但在唐太宗看來，無疑是正確的，因為這正是帝王馭下的手段之一，李世民不禁對這個貌如春花、心如蛇蠍的小老婆另眼相待、心生戒備。從此，武媚娘在才人位置上一坐就是十二年沒有升遷，可見被領導另眼相待，並不總是好事。

據說唐太宗病危時，考慮到將來無人能制武媚娘，便把她喚至榻前問道：「妳知道朕對妳一向寵愛有加。朕百年之後，妳打算何以自處？」這是在問她是否願意殉葬。冰雪聰明的武媚娘立刻回答：「臣妾願長伴青燈古佛，為陛下吃齋念佛，祈求冥福。」就這樣，武媚娘逃過一死，太宗駕崩後被送至長安感業寺出家為尼，顯然甄嬛出家的靈感是由此而來。

其實在此之前，武媚娘和太子李治在服侍太宗病體的時候，很可能就已經彼此暗送秋波，進而打成一片了。先出家避人耳目，也是一步正確的棋。

看朱成碧是誇飾法，不是色盲

唐高宗李治登基後，對外忙於治理國家大事，對內忙於安撫後宮各位愛妃，早把舊情人武媚娘拋到了九霄雲外。但武媚娘從來就不是一個逆來順受、坐以待斃的柔弱女子，她一定會為了改變自己的命運而行動。

這一天，唐高宗收到了一封來信，郵戳上蓋的是「長安感業寺」。高宗拆開信封，展開帶著香氣的信箋，字跡娟秀的詩句隨即映入眼簾：

看朱成碧思紛紛，憔悴支離為憶君。
不信比來長下淚，開箱驗取石榴裙。

詩的意思是：**我因為思念您而心亂如麻**，甚至無法分辨顏色紅綠。如果您不相信我最近因此淚水長流，可以開箱取出我的石榴裙，來查驗上面留下的淚痕。詩下落款「如意娘」。唐高宗一見這熟悉的筆跡，立刻想起了自己和武媚娘的那些年、那些事，心底湧起不可遏制的內疚和思念之情。

沒過多久，他就想辦法去感業寺和媚娘相見，又想辦法把她接回後宮，封為九嬪之首的「昭儀」。據說在此過程中，王皇后也幫了大忙，因為她想借助媚娘，來對付當時正得盛寵的蕭淑妃，沒想到引狼入室，最後把自己的皇后之位乃至性命都丟了。

武媚娘、楊玉環都是離宮出家之後，回來再寵冠後宮，清朝的甄嬛依樣畫葫蘆，可謂藝術取材於真實歷史。後人常常揣測，武媚娘的這首詩究竟是真情流露，還是急於擺脫困境的心機之作。因為當時她已經二十六、七歲了，李治比她小四歲，正是容易被她玩弄於股掌之中的純情暖男，以後來情勢的發展看確是如此。

但筆者相信詩品即人品，人品透過詩歌而展現，從詩歌本身蘊藏的深深思念來看，武媚娘對李治至少是有幾分真情的，而且終李治之世，武媚娘也沒有做過什麼對不起他的事。

武媚娘的名字很多，避免大家被搞糊塗，這裡先稍作解釋。媚娘是唐太宗賜的，大概因她外貌嬌媚、傾倒眾生，給李世民留下了深刻的印象。而這首詩名《如意娘》，可以由此推論媚娘小名叫如意。范冰冰主演的《武媚娘傳奇》裡，她便名叫武如意。如意姑娘後來成為中國歷史上唯一一位正統女皇帝，《如意娘》也是中國歷史上唯一一首，在幫助作者成為皇帝的過程中，立下汗馬功勞的詩歌。

「看朱成碧」聽起來很誇張，卻並非武如意的首創，版權屬於南梁王僧孺，他在《夜愁示諸賓》中，寫一句「誰知心眼亂，看朱忽成碧」。紅色和綠色本應是對比強烈的顏色，如「接天蓮葉無窮碧，映日荷花別樣紅」，紅綠燈也採用這兩個顏色做對比。金庸先生應該也很喜歡看朱成碧一詞，《天龍八部》裡人見人厭的心機表哥姑蘇慕容復，家有兩位侍女，一位喚作阿朱，另一位便喚作阿碧。

一百年後，詩仙李白寫了一組三首的《長相思》，其二為：

日色欲盡花含煙，月明欲素愁不眠。
趙瑟初停鳳凰柱，蜀琴欲奏鴛鴦弦。
此曲有意無人傳，願隨春風寄燕然。
憶君迢迢隔青天。
昔時橫波目，今作流淚泉。
不信妾腸斷，歸來看取明鏡前。

結尾四句的意思是：以前秋波頻送的美目，今天變成了淚水的源泉，如果您不相信我如此傷心斷腸，可以回來驗看我鏡子上的淚痕。李白的夫人也是書香門第出身，見聞廣博，讀了此詩後便問他：「夫君沒有聽說過武則天皇后的《如意娘》嗎？『不信比來長下淚，開箱驗取石榴裙』。你的詩作意境不勝於她，而且問世在後，很難出頭！」正在得意揚揚的李白聽後，極其不爽。**李白先後兩位夫人都是前宰相的孫女**，自是家學淵源，只是不知這個故事裡是哪位夫人。

而李白這組《長相思》中的第一首，正是大家熟悉的千古名篇：

長相思，在長安。
絡緯秋啼金井闌，微霜淒淒簟色寒。
孤燈不明思欲絕，卷帷望月空長嘆。
美人如花隔雲端。
上有青冥之高天，下有淥水之波瀾。
天長路遠魂飛苦，夢魂不到關山難。
長相思，摧心肝。

武則天能掌權，因高宗把國事當家事處理

花開兩朵，各表一枝，暫且按下武媚娘，接著來看另一位與她大有關係的人物——《說

唐》裡，大名鼎鼎的瓦崗寨狗頭軍師李勣（按：勣是績的異體字）。

李勣本名徐世勣，字懋功。唐高祖李淵因徐世勣功高，賜其姓李，變成了李世勣。在大家熟悉的唐初名將中，尉遲恭、程咬金等人長於內戰，比如平定各地叛亂，在玄武門之變中為李世民奪位立下汗馬功勞；李世勣則和李靖一樣，更長於外戰，為大唐開疆拓土，在玄武門之變中是保持中立的。

李世民登基後，為了方便大家，規定只有「世民」兩字一起出現時才需要避諱，單獨的「世」或「民」字，不需要避諱，於是李世勣可以保持本名。但是李治即位以後，為了表示對父親的尊崇，改為單獨的「世」或「民」字都要避諱，李世勣便去掉世，變成李勣，凌煙閣圖畫二十四功臣時用的就是這名字。

李勣因為當年在玄武門之變中，未接受李世民的拉攏，所以**並不是太宗的心腹嫡系**，**但太宗依然尊重、任用他**，這是太宗皇帝的特點。

李勣也不負唐太宗的信任，率兵大破東突厥、薛延陀、高句麗，名震域外，因功封英國公。後來他身染重病，老中醫眼看無望，又不願承認自己無力回天，便說還是有救的，只是藥中需用一味龍鬚燒成的灰。眾人都罵老中醫說了等於沒說。

唐太宗聽聞後，立即將自己細心保養、引以為豪的美髯剪下一莖，派人送至李勣府上。古人認為，身體髮膚受之父母，一向看重、愛惜，何況天子的「龍鬚」，更加關係到國家形象，唐太宗為了救回李勣的性命，也是滿拚的。家人將其燒成灰後入藥餵李勣服下，竟然真的慢慢痊癒了。李勣康復能夠下床之後，對唐太宗叩頭出血、流淚道謝。唐太宗溫言撫慰：「朕這樣做，乃是為社稷著想，愛卿不必過分相謝。」

唐太宗晚年對太子李治說：「如今開國宿將凋零將盡，你即位後無人可用，只剩李勣一人了。但你無恩於他，恐日後他也不會盡心輔佐你。」不久便故意找個小碴，將李勣貶官。李治登基後，立即恢復並高升了李勣的職位，這是太宗父子為了駕馭這位名將，而打出的一套自以為漂亮的組合拳。

其實唐太宗並非杞人憂天，開國功臣往往容易自恃功高難以駕馭，雄才大略的老皇帝在世時還鎮得住，資歷不足的新皇帝即位後，這種君臣矛盾，常常成為皇朝的不穩定因素。

後周世宗柴榮急病去世，留下孤兒寡母，功臣趙匡胤馬上就黃袍加身建立宋朝。看到這個前車之鑑，朱元璋把開國功臣基本殺光了，免得他們將來像趙匡胤一樣造反。朱元璋這樣做，自以為幫子孫清除了隱患，沒想到人算不如天算，當他的兒子燕王朱棣，起來造反孫子建文帝朱允炆時，建文帝已經沒有宿將可用了，只能被打得落花流水。

當然，殘酷清洗開國功臣的皇上，都是沒什麼文化、出身流氓無產者又比較自卑的人，比如漢高祖劉邦是吃霸王餐的小混混，明太祖朱元璋是貧下中農假和尚，除了簡單粗暴的殺人，也沒有什麼高級一點的技術手段，來解決複雜的政治問題。漢光武帝劉秀和宋太祖趙匡胤都讀過些書，就能厚待功臣，杯酒釋兵權，與功臣結為兒女親家，君臣共用富貴，流傳為千古佳話。

李世民以權謀之術待李勣，不料多年後，李勣也來個投桃報李。唐高宗對武媚娘寵信日甚，準備廢了原配王皇后，把媚娘從昭儀越級直接立為皇后。但王皇后的後臺是李世民長孫皇后的哥哥、時任宰相的長孫無忌，他自然堅決反對，他率領朝廷重臣們一致回答，陛下你和先帝的小老婆，悄悄的亂倫也就罷了，居然還想扶正她來母儀天下，咱們大唐可丟不起這個臉。

當時高宗大權旁落，幾乎就是傀儡皇帝，對於大臣們的聯合抵制束手無策。最後詢問到李勣時，李勣不願意得罪高宗，又想趁機打擊一下自己的政敵長孫無忌，便微笑著答道：「此陛下家事，何必更問外人？」

中國古代皇朝立儲和立后，從來都是國事而不是家事。但唐高宗對李勣的「家事」理論深表滿意，立刻冊立武媚娘為皇后。而正是這位武氏，先清洗屠戮了長孫無忌等關隴集團的重臣，為李治和自己奪回大權；在李治逝世後又以皇太后的身分臨朝稱制，清洗了大量的李唐宗室，最終顛覆李唐建立武周，成為中國歷史上唯一一位正統女皇帝——則天大聖皇帝。

以誠待人，往往換來以誠相待；和別人玩權謀，別人也難以盡心待你。李勣在唐高宗做如此重要決定之時，未能以國士之誠苦諫，也算唐太宗臨終前，以權謀之術待李勣的報應。戰國時的知名刺客豫讓，說過一段名言：「以眾人待我者，我以眾人報之；以國士待我者，我以國士報之。」順帶一提，**「士為知己者死，女為悅己者容」也是豫讓的名言。**

唐高宗打算將父親的小妾，扶正為自己的正妻，在這種驚世駭俗的亂倫行為所導致的危機面前，李勣明哲保身，幫助野心已顯的武昭儀，一躍成為正位中宮，這才使她有機會將來成為皇太后大權在握，導致唐朝中斷十餘載，作為李唐臣子來說，不得算為無罪。

討武曌檄

李勣身後還是為自己討巧的中立立場，付出慘重的代價。武曌掌權後，李勣之孫徐敬業起兵討伐，兵敗身死，而謀反罪的下場是滅門。

據說在唐高宗時，流散之人聚集為寇，朝廷出兵討伐屢吃敗仗，於是任命徐敬業為刺史前去剿滅。徐大人讓前來郊外迎接他的官兵全部回去，單人獨馬大搖大擺進了郡府。賊寇聽說新刺史將到，趕緊修整戰具嚴陣以待。徐敬業氣定神閒的處理完其他事務後，才問一句：「賊寇在何處？」下屬答：「在南岸。」徐大人便帶了兩個文職隨從施施然乘船前去。旁人不知他葫蘆裡賣什麼藥，無不驚駭愕然。賊寇最初刀出鞘、弓上弦準備戰鬥，卻見刺史大人的船內空無兵士，就關起營門繼續躲藏。

徐敬業上岸後直入賊營，大聲宣告：「國家知道各位是被貪官汙吏所害，並無其他罪惡，如今你們都可以平安回家鄉去。最後負隅頑抗不離開的才是賊寇。」然後只招來為首的賊寇，責備他們何不早降，各打了數十板後也將其遣送回鄉。重罪輕罰、得以過關，賊寇們自然心安，境內頓時肅然平靜。

李勣聽說此事後，對孫子的膽略亦喜亦憂：「**我無法如此險中求勝。然而將來敗我家者，定是這個孩子。**」事實證明了李勣的遠見。

徐敬業起兵後，駱賓王立刻投奔，為他寫下了著名的《討武曌檄》，充分發揮了才子本色。武則天仔細閱讀敵人的宣傳單，當讀到「入門見嫉，蛾眉不肯讓人；掩袖工讒，狐媚偏能惑主」時，不過微微一笑，但一路讀下去，臉色就變了：「班聲動而北風起，劍氣衝而南斗平。**喑嗚則山嶽崩頹，叱吒則風雲變色**。公等或家傳漢爵，或地協周親，或膺重寄於爪牙，或受顧命於宣室。言猶在耳，忠豈忘心？一抔之土未乾，六尺之孤何託？」武則天深知此文能激發出李唐舊臣對故君的懷念，煽動力極強，立刻問道：「此文是何人所寫？」下屬回：「是駱賓王。」武則天嘆息：「有如此才而使之淪落為賊人所用，宰相之過也！」

這段不禁讓人聯想起漢朝末年的類似故事。官渡之戰前，曹操正犯著神醫華佗都治不好的偏頭痛，在床上哼哼唧唧，讀了袁紹主簿（按：古代官名，是各級主官屬下掌管文書的佐吏）、建安七子之一的陳琳，所寫的言辭激烈的《為袁紹檄豫州文》後，驚出一身冷汗，頭痛不治自癒。袁紹戰敗後，陳琳隨眾人投降。

曹操對這篇火力凶猛的檄文還耿耿於懷，便問陳琳：「你罵我無妨，為何要上及我的祖父呢？」陳琳答道：「當時的形勢是箭在弦上，不得不發啊。」曹操愛惜他的才華，呵呵一笑就真的不再計較了，後來還重用了他。曹操和武則天均是一代梟雄，在這種事情上都有大肚量。

隱世寺中，卻因詩而暴露身分

徐敬業沒有繼承爺爺李勣的軍事基因，他的武力值遠配不上駱賓王的文采，結果起事幾個月後，就在敗逃過程中，被部下王那相殺死。有記載稱，王那相砍下徐敬業、徐敬猷（徐敬業之弟）和駱賓王的首級後，向官軍投降。但也有說法認為，駱賓王在亂軍中不知所終，愛才的人們都希望他隱姓埋名活下去，因此誕生一個傳說：

多年後詩人宋之問暢遊杭州靈隱寺，一時詩興大發，吟出兩句極為拗口的「鷲嶺鬱岧嶢（按：音同條搖），龍宮鎖寂寥」，但想不到該怎麼對下聯。他在寺中來回踱步，不斷重複唸這兩句，以為這麼做就能捉住靈感。在一旁默默掃地的老僧，聽他這兩句來回囉唆，甚不耐煩，隨口道：「何不接『樓觀滄海日，門對浙江潮』？」宋之問聞言，渾身一個激靈，因為這兩句的水準，比自己的高太多了。

隨後他湊齊全詩，翻來覆去細看，也就這兩句精彩。第二天，宋之問趕到寺中尋老僧，但自然是人去寺空的老套情節。

宋之問找到一個正在掃地的小和尚，經窮追不捨的追問，小和尚受不了才告訴他，老僧的俗家名字姓駱，一早就離寺雲遊去了。真正的高人都這般神龍見首不見尾，偶爾露崢嶸就驚世駭俗。結合《天龍八部》裡少林寺藏經閣中掃地老僧的事蹟，我們得到的經驗是——一定要尊重環衛工人。圖書館管理員是現實中最牛的職業，環衛工人則是傳說中最牛的職業。

駱賓王頗有先見之明，行跡一露立刻走人。他若不走，宋之問八成會去告密，因為此人的品行不佳，不但曾經賣友求榮，而且有謀殺親屬的嫌疑。

因詩殺親

大家或許聽過一句名詩：「年年歲歲花相似，歲歲年年人不同。」據說這一聯是宋之問的外甥劉希夷所作，在未發表前被宋之問讀到，十分喜愛，就想占為己有。劉希夷不同意出讓這兩句神來之筆的版權，宋之問就用土袋壓死他，這段公案被稱作「因詩殺親」。匹夫無罪，懷璧其罪（按：比喻懷才而遭人嫉妒陷害）。

今天的教授若有心，很容易在學生作品上署名在前，根本不必冒謀殺的風險，甚至會被學生求著來署名，相較之下，幸福指數高出不少。雖然有些人考證此事為捕風捉影，但另有很多人認為確有此事。根據宋之問的一貫表現，令人生疑是很自然的。在其中一卷《全唐詩》（按：全名御定全唐詩，其內容包含超過四萬八千九百首詩，作者有兩千兩百餘人，共計九百卷），收錄了劉希夷的這首名篇《代悲白頭翁》：

洛陽城東桃李花，飛來飛去落誰家？
洛陽女兒好顏色，坐見落花長嘆息。

今年花落顏色改，明年花開復誰在？
已見松柏摧為薪，更聞桑田變成海。
古人無復洛城東，今人還對落花風。
年年歲歲花相似，歲歲年年人不同。
寄言全盛紅顏子，應憐半死白頭翁。
此翁白頭真可憐，伊昔紅顏美少年。
公子王孫芳樹下，清歌妙舞落花前。
光祿池台文錦繡，將軍樓閣畫神仙。
一朝臥病無相識，三春行樂在誰邊？
宛轉蛾眉能幾時？須臾鶴髮亂如絲。
但看古來歌舞地，惟有黃昏鳥雀悲。

有趣的是，《全唐詩》在另一卷收錄一首幾乎一模一樣的長詩，題目為《有所思》，署名則是宋之問。這樁著作權疑案要傳達出什麼樣的訊息，很耐人尋味。

武曌有很多面首（按：即男寵），宋之問對其中最為飛黃騰達的五郎、六郎（張易之、張宗昌）兄弟甚是羨慕嫉妒恨，於是寫一首豔詩毛遂自薦，表達了在生活上侍奉女皇的熱切願望。武曌對此詩讚不絕口，讀完了卻不表態。等到宋之問告退後，女皇才對身邊人說出了真相：「此人確是難遇之才，只是口臭熏人，讓朕無法忍受。」

筆者覺得宋之問唯一不錯的作品是《渡漢江》：

嶺外音書斷，經冬復立春。
近鄉情更怯，不敢問來人。

宋之問當年被流放時，曾經偷偷跑回家鄉，所以詩歌最後兩句，是形容一個犯法跑路的浪子，偷回故園時的複雜情緒，生動傳神。宋之問因為依附安樂公主，在激烈的宮廷政治鬥爭中站錯了隊伍，最終在唐玄宗登基後被賜死，為自己的人品買單。

我們在了解駱賓王的同時，還捎上了宋之問，接下來介紹初唐四傑之中，另一位天才兒童。

第三章

蹭一頓飯，千古文章得以出世

唐初時，有位大儒顏師古（看名字就知道這人多有文化）寫了《漢書注》，論權威程度，就是天下的讀書人都把它當教科書。順帶一提，顏師古有兩位名氣更大的堂曾孫，一位名叫顏真卿（按：楷書四大家之一），一位名叫顏杲卿（按：杲音同搞，他不肯屈服安祿山，即使被勾斷舌頭，仍大罵安祿山是叛賊）。

突然平地裡響起一聲驚雷，有個九歲的孩子寫了十卷《漢書指瑕》，揪出了顏師古《漢書注》裡的一堆錯誤。大家可以回想一下自己，或看其他九歲的孩子在做什麼，就能知道這個孩子有多厲害，而他就是王勃，字子安。

千古文章

王勃和宋之問的年紀差不多，算是駱賓王的晚輩。不同於方仲永的「小時了了，大未必佳」，王勃的才華在青年時代繼續爆發，詩名益盛。他流傳最廣的名作是《送杜少府之任蜀州》：

城闕輔三秦，風煙望五津。
與君離別意，同是宦遊人。
海內存知己，天涯若比鄰。

無為在歧路，兒女共沾巾。

如果為歷代所有的送別詩排名，筆者認為王勃這首可高居前三名。另外兩首，一是王維的《渭城曲》：「勸君更盡一杯酒，西出陽關無故人」，一是高適的《別董大二首》：「莫愁前路無知己，天下誰人不識君」，相信大家不會有太大的異議。

王勃寫文章有個特點：先把墨磨好，然後像傻青年一樣把被子往頭上一蒙，倒在床上開始沉思，半晌後突然一躍而起，瞬間變回文藝青年，**文不加點，一筆寫就，時人謂之「腹稿**（按：已有構思而未寫出的文稿，此詞典故就是來自王勃）」。但他最膾炙人口的作品駢文《滕王閣序》，卻是即時作文。

當時王勃的父親被朝廷貶到交趾當縣令。交趾遠在今天的越南北部，歷史上曾為南越國的一部分。從漢到明，大致上一直受中國古代各王朝政權的直接管轄。只要查這個地名，就明白其中隱含的貶義了。作為孝子，王勃自然要去探望爸爸；作為才子，他自然會一路信馬由韁、東遊西蕩。

這天，王勃路過洪州（今江西南昌），便順路去登臨天下聞名的滕王閣。好在那時候無論多麼著名的景區，都不需要昂貴的門票，所以即使是王勃這樣的窮遊客，也毫無心理跟經濟壓力。

說到門票，筆者當年去尼加拉大瀑布前，向當地導遊諮詢買門票需要多少美金。導遊雖然是華裔，卻對此問題表現得很詫異：「瀑布是自然風光，憑什麼收門票？」筆者更詫異：「雖然是自然風光，政府也要耗資管理維護，收費不是應該的嗎？」導遊更為詫異：「我們已經繳稅給政府了，稅收不就是用來做這些事情的嗎？」

話題拉回來，雖然在唐朝時去滕王閣不需要門票，但當王勃施施然的來到門口時，卻被幾名士兵伸手擋駕：「洪州都督閻伯嶼大人今天在此大宴賓客，席散之後閒雜人等才能上樓。」階級觀念古來有之，過去的官老爺們出行是鑼鼓開道、肅靜回避；現在的領導們出行也是警車開道，一路暢行。公路上其他車輛都得停下來等著，目送領導一路走遠，才能繼續前行。但王勃顯然並不認為自己是閒雜人等，他一拍胸口：「我和閻大人很熟。」士兵們心裡半信半疑，保險起見，還是跑上樓彙報。

閻都督的愛婿吳子章頗有文才，提前一宿抓耳撓腮、殫精竭慮的為今日盛會寫好一篇賦，準備現場宣讀，好掙點名聲。把酒臨風、心情大好的閻大人聽說多了位朋友來捧場，雖然一時想不起是誰，但又何必拒絕呢？於是豪邁的一揮手：「讓他上來吧。」可是他做夢也想不到，因為隨意的大手一揮，女婿心血結晶的文章就再也沒能見天日；他更不會想到，因為王勃的文章橫空出世，他也以這頓飯局主人的身分，而名留千古。

只見一位眼生的文藝青年緩緩順著階梯一步步走上來，接著風度翩翩的作揖。閻大人疑惑的問道：「恕老夫眼拙，這位公子是……？」來者答道：「晚生絳州王勃。」王勃當時早已聲名遠揚，一聽他自報家門，閻大人心中頓時亦喜亦憂：喜的是以王勃之盛名足以為此宴增色不少，憂的是今天女婿的風頭恐怕要被王勃蓋住。

但他無暇細想，連忙招呼這位不速之貴客落座，然後繼續忙活自己的正事兒，按照事先預備好的戲碼，誠懇的詢問大家：「今日誠為盛世盛會，哪一位高才願意寫篇文章以作紀念啊？」

滿座賓客都是閻大人的朋友，心裡自然明鏡似的，大家都悶頭啃雞腿，積蓄體力、醞釀情緒，只等大人女婿的文章宣讀以後，一齊鼓掌到流淚。不料王勃抬頭朗聲應道：「在下既然叨擾都督大人一餐，自當獻醜，聊為報效。」

這下閻大人像吃了蒼蠅一樣難受，但話已至此，騎虎難下，只好趕緊叫人安排紙筆，並立刻把可以用來蒙頭的被狀物，都丟入贛江（按：長江的第七大支流，江西的最大河流，南北縱貫江西省）之中，看你拿什麼打腹稿。

王勃剛接過毛筆，當即唰唰的筆走龍蛇（按：形容書法生動而有氣勢。出自李白的《草書歌行》）寫起來。閻都督心中鬱悶，冷冷的說一句：「王才子你慢慢寫，本都督年紀大了，精力不濟，到隔壁小憩一會兒。」說罷便起身拂袖而去。到了隔壁往椅子上一躺，吩咐幕僚，待王勃下筆，便將文章背給他聽。

不一會兒，幕僚就過來彙報，王勃寫的起首兩句是：「豫章故郡，洪都新府（按：這裡是漢代的豫章郡城，如今是洪州的都督府）。」閻都督安臥榻上閉目養神，聽後淡然一笑：「不過是老生常談。」之後報來第二句：「星分翼軫，地接衡廬（按：天上的方位屬於翼，軫兩星宿的分野，地上位置連結衡山和廬山）。」閻都督聽了，沉吟不語。幕僚接著唸：「襟三江而帶五湖，控蠻荊而引甌越。物華天寶，龍光射牛斗之墟；人傑地靈，徐孺下陳蕃之榻。雄州霧列，俊采星馳（按：以三江為衣襟，以五湖為衣帶、控制楚地，連著閩越。萬物精華，是上天的珍寶，寶劍的光芒直衝上牛、斗二星的之間。人中有英傑，大地有靈氣，陳蕃專為徐孺設下幾榻。雄偉的洪州城，房屋像霧一般羅列，英俊的人才，像繁星一樣的活躍）。」

閻都督不禁微微的張開眼睛：「用典純熟貼切，王子安名不虛傳。**『星馳』二字，做人名甚佳。**」不一會兒，幕僚又過來背了兩句。閻都督一聽，雙目精光四射，在椅子扶手上重重一拍：「此人當真天才！此文當垂不朽矣！」立即跳起身來，趕回宴會去看王勃下面的文章。

因為閻都督心裡明白，大唐歷史上，甚至是中國歷史上，最為璀璨奪目的文章之一，正在誕生，而能親自催生並且目睹這篇文章的出世，將是他一生最大的榮耀。他所見證的最精彩的兩句便是：「**落霞與孤鶩齊飛，秋水共長天一色。**」

《唐摭言》記載閻都督這段有趣的表現，可惜只到此為止。其實，《滕王閣序》真正的高潮才剛剛開始，寫到此處時，王勃的小宇宙在滕王閣上空無可阻擋的爆發了：「漁舟唱晚，響窮彭蠡（按：音同離）之濱；雁陣驚寒，聲斷衡陽之浦。」想起自己路途艱難、頗招冷眼，接著寫道：「關山難越，誰悲失路之人？萍水相逢，盡是他鄉之客。」這是間接承認自己迷路了，去越南不該走到南昌來。但他胸中壘塊，顯然不止於此：「嗟乎！時運不濟，

▲ 王勃即興作文《滕王閣序》，文章精彩到讓閻都督從臥榻上跳起來，衝去看王勃寫作文。

命途多舛。馮唐易老，李廣難封。屈賈誼於長沙，非無聖主；竄梁鴻於海曲，豈乏明時？所賴君子見機，達人知命。老當益壯，寧移白首之心？窮且益堅，不墜青雲之志。」一連串流傳到千載之後的今天，依然讓我們耳熟能詳的成語和典故噴薄而出，彷彿親眼看見長空中絢麗的煙花綻放。

地靈人傑，但……

王勃一氣呵成的《滕王閣序》中引用了許多典故，在此簡介其中一二。

物華天寶，龍光射牛斗之墟：晉朝時，有紫氣上衝牛宿和斗宿之間，據說是寶劍之精氣上徹於天，地點應在南昌之南。隨後果然在此地找到一雙寶劍，一名龍泉，一名太阿，精芒炫目，這便是成語「氣沖牛斗」的來歷。今天龍泉、太阿已成為寶劍的別名。可以用成語「太阿倒持」當謎面，打另一成語，謎底是「授人以柄」，頗有趣味。

人傑地靈，徐孺下陳蕃之榻：東漢名臣陳蕃少時曾獨處一小院讀書，有位長輩來看望他，見到院裡雜草叢生，就問：「何不灑掃庭院以待賓客？」陳蕃答道：「大丈夫處世，當掃除天下，這個小房間還值得我動手嗎？」長輩見他胸懷大志，覺得孺子可教，便循循善誘：「一屋不掃，何以掃天下？」這段經典的對話流傳至今，激勵志向遠大的人，要學會從小事做起，不要眼高手低。陳蕃後來成為朝廷重臣，且因其氣節而千古流芳。

當時外戚大將軍梁冀權傾朝野，連八、九歲的小皇帝（漢質帝）都看不過眼，**稱他為「跋扈將軍」**，飛揚跋扈即出自此典。梁冀對這個評價很不爽，又擔心年少早慧的小皇帝將來不好掌控，索性毒死他，更證明自己確實配得上這個評語，確實是一位充滿了黑色幽默感的大奸臣。這位氣焰熏天的梁大將軍有次派人送信給陳蕃，託他辦私事，陳蕃卻拒而不見。使者狗仗人勢，詐稱自己是梁冀親信，陳蕃就直接把狐假虎威的使者抓起來，一頓痛揍就打死使者，完全不給梁冀面子，這就叫「威武不能屈」。梁冀竟然拿陳蕃沒有辦法，真是大快人心。

陳蕃一生不喜歡應酬，但很尊重有品位的人。他在因得罪權貴，而被貶到豫章做太守時，邀請當地的一位高人徐孺子來家裡做客。

徐稚，字孺子，他恭儉義讓，很多人都佩服他的品德，有「南州高士」之譽。朝廷屢次想起用他，他都予以推辭，因為他認為東漢王朝已經病入膏肓，無藥可救。

陳蕃對這樣的名士非常敬重，一到豫章，連官衙都沒進，就率領僚屬直奔徐孺子家，欲禮請徐孺子擔任功曹。雖然徐孺子還是堅辭不就，但出於對陳蕃的敬重，徐孺子答應經常造訪太守府。兩人惺惺相惜，相談甚歡。陳蕃還特意準備了一張臥榻，供他過夜時休息。只要徐孺子一離開，陳蕃就把臥榻掛起來不給別人用，直到下次徐孺子造訪，他才放下此榻，以示自己留客僅留徐孺子，這是一段志趣相投的佳話。王勃就用以上典故，來讚美南昌物華天寶、人傑地靈。

「落霞與孤鶩齊飛，秋水共長天一色」，是《滕王閣序》中最偉大的兩句。即使很多人不知道《滕王閣序》，但幾乎不可能不知道這兩句話。**其實這個句型前人用過**，出自南北朝詩人庾信的「落花與芝蓋同飛，楊柳共春旗一色」，王勃算是站在了巨人的肩膀上。

庾信的作品《徵調曲》裡有一句「落其實者思其樹，飲其流者懷其源」，被後人總結為成語「飲水思源」，上海交通大學更以此為校訓。說到《徵調曲》，有人在傳抄中圖省事，把第一個字簡化了，變成《征調曲》。只能感嘆一句「沒文化真可怕」——拜託，那個是古「宮商角徵（按：唸作止）羽」五音的「徵調」！類似現在簡譜中的1、2、3、5、6。若反過來彈奏6、5、3、2、1，我想有些人會發現這居然是電影《笑傲江湖》的主題曲《滄海一聲笑》。

縈繞在無數人的青春記憶中，配圖是李連杰和林青霞飄逸身姿的一首歌，竟只是純倒序的五音而已。有些人可能覺得這個版權費，填詞作曲人黃霑未免掙得太容易了吧？其實不然，一九九〇年黃霑受徐克之邀，為《笑傲江湖》寫主題曲，前六稿都被完美主義者徐克打回來。據說黃霑淚眼望天、無計可施之下，隨手翻閱古書，驀然看到一句「大樂必易」，靈光一閃，把最簡單的宮商角徵羽倒過來一彈，這段永遠的旋律就橫空出世了。

懷才不遇

王勃接下來一口氣連用了漢朝的馮唐、李廣、賈誼、梁鴻四位名人的典故。優美的文章都很重視用典，如果用典不足或者不恰當，文辭再好也是下品。在這一點上，《滕王閣序》顯然是上品之中的上品。

馮唐很有才幹，但年紀一大把了還只是個小郎官。有一次，他偶然有機會見到漢文帝，透過一席直率而情理兼備的對答，解救了功高罪微的雲中守魏尚，並且被漢文帝所賞識。由於他性格耿直，景帝即位不久後就被罷官。雖然到了武帝時，有人推舉他，但此時馮唐已九十多歲，力不從心，無法任職為國家效力了。正所謂人生易老，如白駒過隙。

「平明尋白羽，沒在石稜中（按：出自盧綸的《和張僕射塞下曲・其二》，形容武藝高強）」的飛將軍李廣，是另一位著名的鬱鬱不得志者。漢朝評軍功的依據是在戰役中的斬首數或者俘虜人數，李廣在這個硬指標上沒過關，即使欣賞他的漢武帝也愛莫能助。等到李廣的許多晚輩、下屬後來都因軍功封侯了，他自己還是沒有熬成功。王維也在《老將行》中寫道：「衛青不敗由天幸，李廣無功緣數奇。」

但如果我們翻閱漢朝歷史，衛青的成功與李廣的失敗，在相當大程度上，都是**本人的能力和性格中等因素使然**，**並不僅僅是因為運氣**。衛青用兵小心謹慎卻又能出其不意，而且性格沉穩大度；李廣愛逞一己之勇，輕敵冒進，而且性格偏執剛狠。成功與運氣，經常青睞那些做好了準備的人。

賈誼的才氣和品格都很高，他的《過秦論》今天還入選高中語文課本。按說他的運氣也不差，遇上了躋身中國古代明君之列的漢文帝。漢文帝雖然器重他，但終因小人讒言，未能重用。

有一次文帝召他回長安，偶然談到對鬼神的見解，賈誼旁徵博引、口若懸河，文帝倒是聽得很入神，直至半夜。所以李商隱在《賈生》中譏諷文帝：「可憐夜半虛前席，不問蒼生問鬼神。」自古帝王多對神仙之事感興趣，也是地位使然，既然已經到了皇帝之尊，除了成仙之外，確實也很難有什麼更高的個人追求了。

賈誼懷才又遇上了明君，但還是不得志，也許只能說他運氣不好，或說他生不逢時，因為他建議的政策，到了文帝的孫子武帝時期，基本都被採用了。

梁鴻是成語「舉案齊眉」中的男主角，而女主角則是他的貌醜賢妻孟光。諸葛亮娶醜女黃氏，大家都認為他是想借助丈人的人脈來炒作自己；無意出仕的梁鴻，則完全是看上孟光的品德，兩人一生夫唱婦隨、相敬如賓，屬於恩愛夫妻的典範。梁鴻生活在政治相對清明的東漢初年，依然清高不仕、有料不秀，被譽為「君子見機，達人知命」。

王勃一連借用了上述四位懷才不遇者的典故，明顯是在抒發自己胸中的鬱結。

青雲之志

如果僅僅停留在懷才不遇這個層面，《滕王閣序》的格調還不能算出類拔萃。但就在馮唐、李廣、賈誼、梁鴻這四個指名道姓的明顯典故之後，還有第五個隱藏的，來自東漢的伏波將軍馬援。

馬援作為戰國時，趙國名將馬服君趙奢（他的兒子你可能更熟悉，就是那個紙上談兵的趙括）的後人，年過三十尚且一事無成，只能在北方當牧民，唱山歌放牛羊。別人都覺得他這輩子也就這點出息了，可馬援毫不氣餒的勉勵自己：「丈夫為志，窮當益堅，老當益壯。」

他到了四十九歲才開始獨當一面，在西北邊陲平定羌人之亂，使得此地其後二十餘年兵革不興。然後又從西北轉戰到位於漢帝國最南端的交趾，一劍平伏萬里波，因功封新息侯於絕域之外，官至伏波將軍，被人尊稱為「馬伏波」，時年已經五十七歲，果然是大器晚成。然後繼續一路向南，穿越蠻荒甚至無人之境，直達漢朝時代中原人可以想像的最南之處。

馬援得勝班師回到長安時，已經年近六十，聽說北方邊境局勢不穩，又再次為國請纓出征。《後漢書．馬援傳》對馬援當時的慷慨陳詞是這樣記載的：「方今匈奴、烏桓尚擾北邊，欲自請擊之。男兒要當死於邊野，以馬革裹屍還葬耳，何能臥床上在兒女子手中邪？」成語「馬革裹屍」就源自於此。馬援一生戎馬，最終以六十三歲的高齡，病逝於南征五溪蠻的軍旅之中。

很多人最喜歡《滕王閣序》中的「老當益壯，寧移白首之心？窮且益堅，不墜青雲之志」。這句話才是畫龍點睛之筆，它使文章的境界，從懷才不遇的牢騷之語，一躍如鯤鵬振翅般扶搖直上九萬里，壯志凌於雲霄，真正成為了千古第一雄文。

《滕王閣序》裡還有一句「鍾期既遇，奏流水以何慚」，是筆者很喜歡的典故。春秋時的著名琴師俞伯牙，有次出差路過漢陽江口，長夜漫漫無心睡眠，遂取出自己的瑤琴對著月亮自彈了一首《高山》，琴聲巍峨，仁者樂山之意盡在其中。忽見岸邊一個黑影肅立不動，心下微微一驚，只聽得「啪」的一聲，斷了一根琴弦。

岸邊那人朗聲道：「先生莫驚，在下鍾子期，是個樵夫。聽先生的琴聲絕妙，一時忘情未語，失禮了。」伯牙半信半疑：「既然如此，請問剛才我所彈的是何曲意？」子期答道：「峨峨兮，其志若泰山。」伯牙聞言大驚：「閣下果然高人！請聽我再彈一曲。」換了琴弦後，伯牙再次撫琴，琴音忽然一變，激昂澎湃，乃是一曲《流水》，暗寓智者樂水之意。子期緩緩道：「洋洋兮，其志若江河。」

伯牙大喜，忙請子期上船相敘。兩人琴逢知己相見恨晚，於是八拜為交結為異姓兄弟，並相約來年江邊再見，灑淚依依而別。次年伯牙依約千里迢迢而來，不料子期已經病故，新墳正立在江邊。

子期臨死前留下遺願，托老父轉告伯牙，要在舊地再聽義兄彈奏一曲。伯牙揮淚將《高山》、《流水》再次演奏一遍之後，突然舉起這具自己視為至寶的瑤琴，向地上用力一摔，頓時琴碎。旁人都大驚失色，問其何故。伯牙嘆息道：

摔破瑤琴鳳尾寒，子期不在對誰彈？
春風滿面皆朋友，欲覓知音難上難。

按道理講，春秋時多為四言詩，到漢末曹丕《燕歌行》開始，才出現較成熟的七言詩，所以俞伯牙這首詩應是後人假託。但「知音難求，得之我幸，不得我命」的慨嘆，讓任何時代的人都能產生共鳴。岳飛是不是《滿江紅》的真實作者尚有爭議，但他的《小重山》裡一句「欲將心事付瑤琴，知音少，弦斷有誰聽」，足夠讓他在中國詩歌史上，占據一席之地。

王勃用此典自比俞伯牙，正在寫的《滕王閣序》是名傳千古的《高山流水》，而閻都督就是鍾子期。這既是一個高雅的馬屁，同時也標示著自己的身價，有文化的人拍馬屁都這樣一舉兩得。閻都督看了此句，對王勃的態度立刻又大不一樣了。

一字千金

酣暢淋漓的《滕王閣序》一氣呵成，王勃接著寫下了這篇序要引出的主體《滕王閣詩》：

滕王高閣臨江渚，佩玉鳴鸞罷歌舞。
畫棟朝飛南浦雲，珠簾暮卷西山雨。
閒雲潭影日悠悠，物換星移幾度秋。
閣中帝子今何在？檻外長江　自流。

有些人會覺得奇怪，為什麼江、自兩字之間，空了一格。其實是王勃把序、詩呈給閻都督，對盛情款待表示謝意之後，便告辭出門。閻都督一邊看著眼前這篇絕代佳作，一邊讚不絕口，待看到最後一句中的空格，心知這是人家在出題了。

旁觀的文人雅士們七嘴八舌，各抒己見，這個點頭說：「應該是個『水』，」那個搖頭說：「八成是個『獨』字。」閻都督思來想去，覺得均差了一絲韻味，於是命人立刻出門追趕王勃，請他把落了的字補上來。

使者快馬加鞭、滿頭大汗的追上王勃。不料王才子很有個性的回答：「一字值千金，還望閻大人海涵。」使者只好返報。閻都督沉吟片刻，心想既然是一段佳話，就乾脆做足罷了，便命人備好紋銀千兩，親率眾文人學士趕到王勃住處。

王勃這時故作驚訝：「何勞大人下問，晚生豈敢空字？空者，空也。閣中帝子今何在？檻外長江空自流。」眾人聽了，都是一拍腦門，用「空」字果然最有神韻！

筆者讀到崔顥《黃鶴樓》的「黃鶴一去不復返，白雲千載空悠悠」這兩句，總會聯想到「閣中帝子今何在？檻外長江空自流」，大概因為有著相似的意境吧。只是王勃的作品在前，首創性當然更強。

按邏輯關係，本來《滕王閣詩》是主體，為了要寫這首詩，才需要寫序，但《滕王閣序》實在太過精彩，反而讓很多人忽略詩了。《滕王閣詩並序》一經流傳開後，大家紛紛傳抄，一時洛陽紙貴，連唐高宗李治讀了都不禁掩卷長嘆：「真天下奇才也」。連皇上都如此激賞王勃，這就引起了另一位天才兒童的攀比之心。

恥居王後

初唐四傑的排序是「王楊盧駱」。筆者不太重視排名，隨手從最後的駱賓王寫起也無所謂。但並不代表大家都不重視，尤其是排名中人，比如本章的配角楊炯。他一向認為「王楊盧駱」的次序，沒有真實的反映出各選手的實力，所以公然聲稱「愧在盧前，恥居王後」。

盧照鄰比楊炯大十幾歲，楊炯因此不好意思居在盧前，尊老畢竟是中華民族的傳統美德。楊炯不服氣王勃，可能因為王勃與他同年出生，做官比他還晚一年。就像如果有個比你早十年進公司的人級別沒你高，你多少也會有點不好意思；但若有比你晚一年進公司的同事，升得比你快，你大概心裡也會不爽。

不過楊炯在王勃死後，為其文集寫序言，對王勃的評價倒是極高。人死為尊，是中華民族的另一傳統美德。王勃是溺水後驚悸而死，其時尚未到而立之年（學好游泳很重要，關鍵時刻能救命）。盧照鄰、李白、張志和也都是死在水裡，很容易讓人想起李白《哭晁卿衡》裡的「明月不歸沉碧海，白雲愁色滿蒼梧」。這首詩是李白聽到自己的日本友人、遣唐使晁衡（原名阿倍仲麻呂），在渡海返日途中淹死的謠言後，所做的悼亡詩。實際上，晁衡並沒有淹死，他被海風颳到了越南而倖存，後來以七十二歲的高齡病逝於長安，在華生活了五十四年，最終未能回歸故土。而傳說李白自己倒是喝醉後，想要去撈水中之月，掉在江裡淹死了，可謂一語成讖。

楊炯最好的作品是這首《從軍行》：

烽火照西京，心中自不平。
牙璋辭鳳闕，鐵騎繞龍城。
雪暗凋旗畫，風多雜鼓聲。
寧為百夫長，勝作一書生。

對於讀慣了一流唐詩的當代人來說，楊炯的這首詩並不驚豔。但在此之前的初唐詩歌，大都還陷於魏晉以來的綺靡之風，而這首《從軍行》卻雄渾剛健，在當時令人眼前一亮，可稱得上是唐人邊塞詩的第一聲號角。尤其是尾聯，使人感受到班超投筆從戎、萬里覓封侯的沖天豪氣。

楊神童眼高於頂的著名例子，是稱當朝官員為「麒麟楦」。楦是做鞋帽所用的模子，麒麟楦自然就是做麒麟的模子。麒麟是傳說中的動物，因此古人演戲時，沒法模擬麒麟，只好用驢或馬當底子，在上面刻畫頭角、修飾皮毛來假充。說人假充麒麟，明明在罵人，還文諤諤的繞彎子，可見楊炯年少氣盛，得罪很多人是免不了的。

這裡順帶介紹「露馬腳」的出處之一：用驢馬冒充麒麟，上半身容易遮蓋，腿腳卻難遮掩得好。演戲時，驢馬一走動，很容易把未經修飾的長毛大腳露出來，此謂「露馬腳」。

愧在盧前

被楊炯一句「愧在盧前」而推崇的盧照鄰，也是一位神童，十幾歲時就以博學聞名。這樣看起來，一個人如果在二十五歲以前沒出息，這輩子很可能就完蛋了，大器晚成畢竟是少數。對於王楊盧駱的排名，盧照鄰顯得很謙虛：「喜居王後，恥在駱前。」意思是對於自己能排在王勃後面與之齊名，就已經感到非常榮幸了，而居然還能排在駱賓王之前，實在有點不好意思。相對於楊炯的年輕氣盛，盧照鄰在對待名聲方面表現出成熟的君子之風。

盧照鄰最優秀的作品是長詩《長安古意》，其中有一句「**得成比目何辭死，願作鴛鴦不羨仙**」。現代常說的「只羨鴛鴦不羨仙」，就是從這句演化而來。

他多愁多病，後來和唐太宗李世民一樣，被傳統假藥長生丹進一步摧殘，再加上仕途不如意，只覺了無生趣，最終不願繼續忍受病痛的折磨，自己投水而死。

初唐四傑不滿當時纖麗綺靡的詩風，均**改走慷慨激昂的路線**，**對之後唐詩的輝煌有奠基之功**。同時代的很多人，卻沒有那麼長遠的歷史眼光，對他們頗為輕視。但杜甫很認可他們的成就，在自己的《戲為六絕句》裡寫道：

王楊盧駱當時體，輕薄為文哂未休。
爾曹身與名俱滅，不廢江河萬古流。

罵人也能罵得這麼酣暢淋漓、千古傳誦，詩聖確實令人佩服。杜甫此詩之後，再也沒人敢跳出來說「初唐四傑」的壞話。

但歷史總是在不斷的重複，杜甫也曾被人指摘他的詩風，引得韓愈在《調張籍》中寫出「李杜文章在，光焰萬丈長。不知群兒愚，那用故謗傷。**蚍蜉撼大樹，可笑不自量**」之句（關於這段韓愈大戰元稹、白居易的筆墨官司，《精英必備的素養：全唐詩（中唐到晚唐精選）》會詳細介紹）。

偉大領袖唐太宗教導我們，以史為鑑是多麼英明，而著名哲學家黑格爾對此如是說：「我們從歷史中學到的教訓就是，我們從歷史中什麼也沒有學到。」

第四章

陳子昂先炒名聲，再贏得身後名

初唐四傑可算唐朝詩文革新的先鋒，但緊隨他們之後，名動江湖的陳子昂才是初唐的最高峰。這位有才多金、善於自我炒作以抬高聲名的高富帥，標榜漢魏風骨，反對齊梁綺靡文風，被後人尊為「詩骨」，算是贏得了身後名。

千金摔琴，先把名聲炒出來

陳子昂，字伯玉，比王勃和楊炯小十一歲。他是來自天府之國的富二代，本來是個問題少年，十八歲了還打架賭博、遊手好閒、不學無術，後來不知受了什麼刺激，突然開始發憤上進。在一個深山道觀中苦讀幾年之後，陳子昂功力勇猛精進，於是出川入京，打算去考進士求取功名。

唐朝的進士考試，考生的名氣和口碑在考官心目中是可以加分的。陳子昂初到長安，也和其他準備應考的年輕人一樣，到處拜訪名流，想為自己增加點名氣，但效果並不明顯。京城的達官顯貴，一看他來自偏遠的四川，就不太看好他，因為自漢朝司馬相如靠一曲《鳳求凰》，拐走大才女卓文君去當壚賣酒之後，蜀中就再沒出過名動天下的大才子。百無聊賴的陳子昂只好每天上街閒逛散心，逛著逛著，眉頭一皺，計上心來。

長安，風和日麗的一天，黃金地段朱雀大街的集市上熙熙攘攘，各個店面皆人頭攢動。貞觀時期，市民的購買力還是比較強的。只見一個地攤前，一位衣著普通的老者，手捧一架貌不驚人的古琴，居然叫價千金，自然吸引了眾多人圍觀。帝都市民縱然見多識廣，圍觀者中也不乏名流，但大家一時難辨此琴優劣，因此無人願意出手購買。正在眾人竊竊私語之時，忽聽身後有人操著川音，朗聲道：「此琴在下買了。」

眾人皆是一驚，紛紛回頭。口出此大言的，正是輕搖摺扇的高富帥陳子昂。有人忍不住問：「這位小哥，此琴優劣難辨，你為何敢出如此高價？」陳子昂微笑道：「在下善琴，自知優劣。君等若有意，明日請到敝處，願以此琴為君等演奏一曲。」說罷飄然而去，只在眾人的咂舌聲中，留下一個道骨仙風的背影。

翌日，陳子昂所住的客棧果然是門庭若市，以至店小二開始出售門票牟利。等到樓上樓下院裡房頂都黑壓壓的擠滿了人後，陳子昂長身而起，向四周作揖：「在下陳子昂，自蜀地千里入京，攜詩百篇四處求告，並無人賞識。彈琴乃區區樂工所為，豈吾輩鴻鵠之志者所應留心？」說罷突然舉起那具千金之琴，朝地上用力一摔，古琴頓時粉碎。

這一舉動大出所有人的意料，大家還沒回過神來，陳子昂已以迅雷不及掩耳之勢拿出自己的詩文，分贈給圍觀之人。眾人正為陳子昂一擲千金的豪舉所驚，再讀其詩，果然意境不俗，於是爭相傳閱。兩、三日內，既有財又有才的文藝青年陳子昂，便登上頭條、名滿京城，成為家家戶戶文化人晚餐桌上的話題，許多待字閨中的名媛，紛紛打聽陳帥哥是否已經名草有主。看到這裡，你會認為**他是在炒作**，其實筆者也是這樣認為。名聲大噪的陳子昂果然在隨後的考試中進士及第。

千金的付出相對於中進士的收益來說，投入產出比實在是太高了。更何況賣琴的老者，八成是陳子昂自己安排的托兒（按：對商人的貶稱，指為了獲取利益而事先商量橋段，假裝不認識老闆，而在眾人面前扮演顧客，進而騙取其他顧客的信任還取得預期收益），那把琴搞不好是成本低廉的普通貨色。反正琴也摔爛了，毀屍滅跡死無對證。俞伯牙摔琴出名，陳子昂摔琴也出名，可憐琴何辜？

少年得意

唐朝的進士考試選拔全國最頂尖的人才，每次及第人數很少達到三十人，含金量你可以自己去想。孟郊曾經兩次落第，第三次考試高中進士之後，仿佛一下子從苦海中超度出來，按捺不住得意之情寫下《登科後》：「昔日齷齪不足誇，今朝放蕩思無涯。春風得意馬蹄疾，一日看盡長安花。」**給後人留下了「春風得意」與「走馬看花」兩個成語，那一年他四十六歲**。

按照慣例，新科進士會在長安慈恩寺聚集，推舉一人作文以記此盛事，並將各人的姓名、籍貫一起交給石匠，刻在大雁塔的石碑上，因此「雁塔題名」就是代指進士及第。白居易考中進士時寫詩自誇道：「慈恩塔下題名處，十七人中最少年。」春風得意之情溢於言表，因為當時他還是二十七歲的小鮮肉，而身邊大概都是孟郊那個年齡層的大叔。那麼陳子昂中進士時的年齡呢？呃……二十四歲。

陳子昂中進士時比白居易還小三歲，可以想像他該有多得意。當然他也有那個資本，整個唐朝近三百年間，比他成名更早的天才屈指可數。少年得志、意氣風發的陳子昂，肯定想高唱一聲「大地正在我腳下」。

登臺興嘆

一人得道雞犬升天，女皇武則天的侄子們，幾乎都在朝中擔任要職，哪怕是不中用的人。陳子昂就不幸碰到了草包上司。他在武攸宜幕府擔任參謀，隨同征伐叛亂的契丹部落。武攸宜以其「素是書生，謝而不納」，對他言不聽、計不從，陳子昂胸中鬱悶無比。在這種狀態下，當他路過幽州臺（更有名的名稱是黃金臺）時，提筆寫下千古名篇《登幽州臺歌》：

前不見古人，後不見來者。
念天地之悠悠，獨愴然而涕下。

戰國時，燕昭王心憂燕國偏遠弱小，一心想招攬人才，但大家都懷疑他是葉公好龍（按：比喻人說一套，做一套），並非真的求賢若渴。為了糾正別人對他的誤解，燕昭王採納郭隗的建議，築造了黃金臺來禮待這位行將就木的老者。那些自我感覺比郭隗強得太多的能人們，自然興趣大漲，沒多久就形成了「士爭湊燕（指人才赴集）」的可喜局面，其中包括來自魏國的軍事家樂毅等人。原本落後的燕國一下子人才濟濟，從此迅速強盛。

樂毅率領被人輕視的燕國軍隊，把強大的世仇齊國打得奄奄一息，只剩下兩座城池。齊國遭此重創，幾乎滅亡，全靠燕昭王死得早、樂毅受新君猜忌出走，再加上齊國名將田單的戰術火牛陣，才緩過勁兒來。人才不只在二十一世紀時是重要資源，自古以來，國家、民族之間的競爭，也是培養、吸引人才體制的競爭。

大多數詩評對《登幽州臺歌》的理解是，陳子昂在感嘆像燕昭王那樣的賢君，已不可復見，自己也熬不到遇上後代的賢明之主，真是生不逢時啊。登上高臺極目遠眺，天地蒼茫、人生寂寞，不禁悲從中來、不可斷絕，愴然而下幾滴英雄淚。主調是「才高命蹇（按：音同簡。命蹇，指命運不好、仕官困擾）」四字，貌似這是歷代許多才子的共同命運。

但筆者覺得此詩更像是在感嘆人之一生，在歷史長河中的短促渺小，其意境有點接近張若虛「孤篇壓全唐」的《春江花月夜》裡那句：「江畔何人初見月？江月何年初照人？人生代代無窮已，江月年年望相似。」陳子昂當時估計在思考人生終極問題，此詩充滿了哲學味。當代能在深度上與之相比的，也只有著名的三大哲學問題了：「你是誰？你從哪兒來？你要去哪兒？」

▲ 陳子昂碰上草包上司，於是登幽州臺感嘆，嘆出千古名篇《登幽州臺歌》。

孤篇壓全唐

如果張若虛沒有寫出這篇《春江花月夜》，很多人可能都會懷疑歷史上是否真有此人，因為他留下的文字痕跡極少，而且其生卒年、事蹟通通不詳，但正是這僅有的一首作品，就讓他「孤篇橫絕，竟為大家」。全詩如下：

春江潮水連海平，海上明月共潮生。
灩灩隨波千萬里，何處春江無月明？
江流宛轉繞芳甸，月照花林皆似霰；
空里流霜不覺飛，汀上白沙看不見。
江天一色無纖塵，皎皎空中孤月輪。
江畔何人初見月？江月何年初照人？
人生代代無窮已，江月年年望相似。
不知江月待何人，但見長江送流水。
白雲一片去悠悠，青楓浦上不勝愁。
誰家今夜扁舟子？何處相思明月樓？
可憐樓上月徘徊，應照離人妝鏡臺。

玉戶簾中卷不去，擣衣砧上拂還來。
此時相望不相聞，願逐月華流照君。
鴻雁長飛光不度，魚龍潛躍水成文。
昨夜閑潭夢落花，可憐春半不還家。
江水流春去欲盡，江潭落月復西斜。
斜月沉沉藏海霧，碣石瀟湘無限路。
不知乘月幾人歸，落月搖情滿江樹。

雖然有人說「孤篇壓全唐」的評價實屬過譽，但筆者認為此詩至少在兩個方面實至名歸。第一，是在內容上的突破，超越了一般詩歌的寫景、狀物、敘事、抒情，透過「江畔何人初見月，江月何年初照人」兩句，跨入了追問終極問題的範疇，在這方面可謂前無古人、後稀來者。陳子昂的《登幽州臺歌》也沒有用這麼明確的疑問句，來提出哲學性思考。第二，是在詩風上的突破，當初唐詩歌還在六朝的綺靡文風裡，兜兜轉轉尋找出路時，此詩走出了正確的方向，**而後來的唐詩，也是朝著這個方向前進**。

而且，詩中很多名句，都被後世詩人或引用或化用：你有沒有看到崔顥「黃鶴一去不復返，白雲千載空悠悠」的影子？是否見到李白「今人不見古時月，今月曾經照古人」的蹤影？有沒有看到張九齡「海上生明月，天涯共此時」的痕跡？

金庸肯定很喜歡《春江花月夜》，所以東邪黃藥師在「海上明月共潮生」一句的基礎上，創製了《碧海潮生曲》的獨門武功，以極高內力從玉簫中吹奏出優美的旋律，聽者只要內功、定力稍弱，輕則受傷，重則喪命。傻哥哥郭靖當時如果沒有通過這一關考試，也無法名正言順的娶到古靈精怪的桃花島千金黃蓉妹妹。

黃金鑄子昂

歷代文人對陳子昂的評價都很高。韓愈在向宰相鄭餘慶推薦孟郊的《薦士（薦孟郊於鄭餘慶也）》一詩中，稱讚**陳子昂是盛唐文采風流的真正開創者**：「國朝盛文章，子昂始高蹈。」金末元初的著名詩人兼詩評家元好問，則在他的《論詩三十首》裡如此讚嘆：

沈宋橫馳翰墨場，風流初不廢齊梁。
論功若准平吳例，合著黃金鑄子昂。

詩中用了一個典故：越王勾踐臥薪嚐膽、奮發圖強，滅世仇吳國之後，對功臣們論功行賞，大家都公推范蠡為首，勾踐就讓人用黃金為他鑄像。元好問的意思是，把詩文從南朝的靡靡之音中解脫出來，為唐詩走向雄渾剛健開了風氣之先河的眾人之中，功居首位者應該是陳子昂。

這位勤學好問的元好問，一共寫了三十首論詩，其中的《論詩第七首》筆者非常喜歡：

慷慨歌謠絕不傳，穹廬一曲本天然。
中州萬古英雄氣，也到陰山敕勒川。

大家都能夠看出，這首詩評論的是耳熟能詳的北朝樂府民歌《敕勒歌》：

敕勒川，陰山下。天似穹廬，籠蓋四野。
天蒼蒼，野茫茫，風吹草低見牛羊。

從元好問此詩裡，能看出北方少數民族，對中原文化的傾慕和嚮往。元好問是鮮卑族人，他的姓氏提供了明顯的線索。北魏孝文帝拓跋宏，把皇家鮮卑姓「拓跋」改為漢姓「元」，自己改名為元宏，由此我們很容易便可記住元稹、元好問都是鮮卑貴族後裔。

北魏孝文帝是被後代嚴重低估了重要性的偉大帝王，他是在五胡亂華之後，北方少數民族漢化程度如里程碑般的人物，為隋唐兩代，在中國恢復大一統局面，打下了堅實的思想根基，他對歷史所起到的推動作用與深遠影響，怎麼評價都不為過。

元好問的作品中流傳最廣的是《摸魚兒．雁丘詞》，前半闋是：

問世間，情為何物，直教生死相許？
天南地北雙飛客，老翅幾回寒暑。
歡樂趣，離別苦，就中更有痴兒女。
君應有語：
渺萬里層雲，千山暮雪，隻影向誰去？

《神雕俠侶》中的古墓派大師姐赤練仙子李莫愁，就是吟唱著這首詞出場，也是吟唱著這首詞在絕情谷的大火中謝幕，形象很酷。

後世人尊元好問為北方文雄，認為他為金元之際的中國文學，做出了承前啟後的貢獻，《論詩三十首》在中國文學評論史上頗有地位。而他對陳子昂的評價，伯玉可謂當之無愧。在幽州臺上的那一曲蒼涼激越的長歌，是為流行了百年的齊梁文風所唱響的輓歌，也是為即將登臺的中國歷史上，甚至世界歷史上最龐大輝煌的偉大詩歌作品，所吹響的嘹亮號角，盛唐恢宏氣象的大幕正在徐徐拉開。

激流勇退

既然前文提到筆者非常欣賞的范蠡，就請允許筆者多說幾句。

大多數人可能只記得范蠡獻西施給夫差的美人計，其實他的功勞遠不止於此。范蠡不但親身陪伴越王勾踐在吳國度過了最艱難、最危險的人質時光，在殺機四伏的環境中察言觀色、建言獻策，走鋼絲般的保護主公的安全，還在勾踐回到越國後輔佐他，十年生聚，十年教訓，九術滅吳。更為難得的是，自古以來開國興邦的功臣多矣，但像范蠡這樣深明「鳥盡弓藏，兔死狗烹」道理，且能夠見機而去的君子，在筆者看來一隻手就數得過來，可見他的智商、情商（ＥＱ）都到了何等高度。

他砸掉自己的公務員鐵飯碗之後，遠走異國下海經商，很快成為富可敵國的陶朱公，充分證明了只要是金子，在哪裡都會發光。不知道這會不會讓現代一些本來不適合，卻硬要去擠千軍萬馬過獨木橋考公務員的年輕人有所感悟。

在君子裡面，和范蠡的智商與結局相似的，就數漢初名臣張良了。他家祖上五代人都在韓國為官，韓國被秦王嬴政滅掉以後，張良並沒有甘心做暴秦的順民，而是一心要替祖國報仇。他尋訪到一位志同道合的大力士，讓其手持一百二十斤的大鐵椎，在博浪沙甘冒奇險，飛椎襲擊出巡的秦始皇，可惜擊中的是旁邊的副車，這就是成語「誤中副車」的來歷。文天祥在《正氣歌》裡讚嘆「在秦張良椎」。險些喪命的始皇帝怒氣沖天，大索天下，張良只好隱姓埋名逃亡，後來輔佐劉邦滅秦，並在鴻門宴上保住深陷險境的劉邦的性命。

張良不但想做的事情一定要做成功，而且能夠與時俱進。劉邦的謀士酈食其（按：唸作麗異基）曾經獻計，復立六國王族之後人來收買人心，對抗項羽。大老粗劉邦拍手稱讚，命人速速刻製六王印璽，讓酈食其帶去各地分封。酈食其還沒有出發，張良正好外出歸來，聽劉邦說了這個打算，立刻伸手拿起酒桌上的一雙筷子，連比帶畫的講了其中的利害關係，阻止這個開歷史倒車的計畫。劉邦茅塞頓開，下令立即銷毀已經刻製好的六國印璽，從而避免了一次重大的戰略錯誤，否則中國只怕還要再次陷入諸侯割據的戰亂局面幾十年、甚至上百年。

張良剛跟隨劉邦時，處心積慮的只是想要恢復父母之邦韓國，但隨著世易時移，他敏銳的意識到，時代的需要已經發生了變化，並不故步自封。**張良勸說劉邦維持大一統政權**，在中國古代政治思想史上，留下了重要的一頁。

漢朝建立後，張良因功封為留侯。他跟隨劉邦多年，深知他猜忌的性格，既然伴君如伴虎，不如距離產生美。知道在危險的政治博弈中該怎麼做的人很多，但真正能做到的人很少，是所謂知易行難。但張良視功名富貴如浮雲，明哲保身不問朝政，贏得了劉邦和呂后的信任和尊重。後來蕭何下獄、韓信被殺，張良成為漢初三傑中，唯一一位能夠善始善終的人。

至於范蠡所行的美人計，也不是吳國滅亡的主因。唐末五代時期的羅隱有首《西施》，言簡意賅，很有說服力：

家國興亡自有時，吳人何苦怨西施。
西施若解傾吳國，越國亡來又是誰？

把吳國滅亡的主因歸咎於中了范蠡美人計的人，若不是思維過於簡單，就是存心為統治者開脫或減輕責任。詩中指出，夫差在一連串的戰爭勝利之後的驕傲自滿才是主因。歷代農民起義一旦成功，從鄉下進城以後的表現也與此類似。何況自古明君皆有寵妃，人家也沒因此亡國，關鍵是要在美人與江山之間把握好平衡。把沒管理好國家的錯，歸咎於女人，這種論調也太丟男人的臉了。

雲英未嫁

可能因為羅隱太喜歡說實話了，所以科舉之途並不順利，史載他「十上不第」，考了十幾次還是沒考上進士，運氣比陳子昂、白居易差了十萬八千里。

他年輕時意氣風發的奔赴長安科場，路過鍾陵時，認識了一位原名叫雲英的煙花女子，身材曼妙，好似趙飛燕，能做掌中舞。而雲英也對羅隱的才氣印象深刻，雙方互有好感，懷著朦朧的曖昧依依惜別。十二年後，還沒有考上進士的羅隱，再次路過鍾陵時，居然又遇見了雲英，這對兩人來說都是一場意外的重逢。徐娘半老的雲英，看著兩鬢微霜的羅隱，詫異的問道：「先生還是白丁（按：指沒有功名、官職或沒有知識的平民）嗎？」這一問真是觸到了羅隱的痛處。他不禁思緒萬千，當場賦詩《偶題》：

鍾陵醉別十餘春，重見雲英掌上身。
我未成名卿未嫁，可能俱是不如人。

「雲英未嫁」就此成為典故，貌似說女子尚未出閣，事實上比喻人尚未得志。羅隱才高八斗而未能考場得意，雲英色藝俱佳卻無人救拔從良，並非他們不如他人，應該是時運不濟吧。

羅隱流傳下來最膾炙人口的作品是《蜂》：

不論平地與山尖，無限風光盡被占。
採得百花成蜜後，為誰辛苦為誰甜？

此詩用字淺白，可入小學語文課本誦讀，一般被理解成是為勞動人民雖勤勞辛苦，卻不得溫飽生活的不平而吶喊，但筆者認為它有著更深刻的諷世內涵，類似於《紅樓夢》裡《好了歌》中的那句「終朝聚斂苦無多，及到多時眼閉了」。這種可以抽絲剝繭般解讀出多層意境的詩歌，誠為詩中上品。

羅隱另一首名作是《自遣》：

得即高歌失即休，多愁多恨亦悠悠。
今朝有酒今朝醉，明日愁來明日愁。

若說此詩是悲觀主義，它在勸你及時行樂；若說它是樂觀主義，從骨子裡又透出一絲掩不住的憤世嫉俗和頹廢。由此可見，看重及時行樂的人，其實正因為其悲觀；真正的樂觀主義者，在生命中是微笑，而不是大笑。考慮到羅隱十次應考進士而不中的鬱悶心情，寫出《自遣》這樣骨子裡含著悲觀的詩歌，也就不足為奇了。

像羅隱這樣的大才子，在唐朝都考不中進士，可知考試有多難，但大家依然趨之若鶩。自魏晉以來，人才的選拔一直實行九品官人法，能力不重要，出身門第才是重點。這就導致官僚集團世襲化，「上品無寒門，下品無士族」，是個拚爹靠爸的時代。士族社會除了培養出一大批誤國的清談家，為社會貢獻了奇葩之人和奇葩之事的《世說新語》外，在政治上卻是死氣沉沉。

底層人士沒有上升的通道，讀書人經世報國的志向無從施展，就成為社會動盪的助力。

到了五胡亂華，少數民族的君主只要尊重漢族的知識分子，給他們施展的空間，反而更容易讓他們效忠，代表性例子包括石勒的謀士張賓、苻堅的謀士王猛等。當然，這些在少數民族政權中得志的漢族知識分子，反過來也幫助了少數民族的漢化，和中國北方的民族大融合。

太宗長策

隋煬帝創立的科舉制度，是歷史性的巨大進步。之後唐太宗對科舉做了有力的推動，有一次他站在城樓上，看著新科進士魚貫而入皇城，不禁志得意滿的對身邊的魏徵說：「天下英雄，盡入吾彀（按：音同夠）中矣。」意即用科舉一途，將天下的能人盡收囊中。尤其是出身寒門的讀書人，從此有了向上層流動的通道，於是「萬般皆下品，唯有讀書高」。很多才華橫溢的知識分子，為了跳過龍門，一生都在為考試忙碌。所以晚唐詩人趙嘏（按：音同古）有詩云：「太宗皇帝真長策，**賺得英雄盡白頭**。」

科舉的功能相當於改革開放後的高考（按：中國的大學入學考試），本來一輩子面朝黃土、背朝天的農村人，可以借此跳出農門，躍入龍門，「農轉非（非農業生產）」而改變一生。今天的高考制度屢受詬病，但在高等教育資源稀缺的中國，高考無疑是目前相對來說，最為公平的選拔方式。如果沒有高考中各種相對公平的嚴苛規定，高等教育資源在中國這個人情社會中將被分配成什麼樣子，真令人不敢想像。

第五章

崔湜服陸象先，陸推崇賀知章，皆是初唐名臣

雖然唐朝的進士考試很難，大多數應試者都像羅隱一樣熬到白頭，但像陳子昂和白居易那樣少年得志的詩人也不少。比如有位天才，三十六歲中狀元後，就在帝都做官，在官場上一直混到八十六歲才告老還鄉，一生有幸經歷貞觀和開元兩個盛世，六十年中從未被貶官到基層或者邊遠地區。

據《新唐書》記載，這老人家面臨退休時，唐玄宗為了表達對他的尊重，親自寫詩相贈，還讓所有的皇子皇孫都來相送，在城外大擺筵席，滿朝文武都放假一天去為他餞行。老人家希望得到周宮湖數頃作為放生池（按：為人工開鑿的池塘，體現佛教「慈悲為懷，體念眾生」的心懷，讓信徒將各種水生動物放養在這裡），玄宗下詔《賜鏡湖剡（按：音同善）川一曲》，遠超過他之所求，可見恩寵之隆。

這位堪稱人生贏家的老者，就是賀知章賀大人。

回鄉偶書

賀知章，字季真，比陳子昂大兩歲，生活的時代跨越了初唐和盛唐。他的家鄉在浙江，風光無限的老人家還鄉後，就在鏡湖前賦了一首《回鄉偶書》：

離別家鄉歲月多，近來人事半消磨。

唯有門前鏡湖水，春風不改舊時波。

詩中的鏡湖即今天的鑑湖。鑑的本意是鏡子，今天的名字倒比唐朝時更為雅致。《回鄉偶書》一共兩首，除了上文提到的這首之外，另一首更加知名：

少小離家老大回，鄉音無改鬢毛衰。

兒童相見不相識，笑問客從何處來。

多年宦遊之後歸家的無限感慨，盡在其中。現在如果找位八十五歲的老頭來寫詩，能寫得出嗎？一般來說，只怕唸都唸不清楚；若考慮唐朝人的平均壽命只有四十、五十歲，那時講人生七十古來稀，八十五歲可稱為人瑞。在複雜的官場上、在幾朝皇帝的身邊混得如此人見人愛就很難了，還能如此長壽就更難了；長壽到這個地步，腦筋還這麼清楚，那是難上加難。這位人生贏家究竟有哪些過人之處呢？

一是老賀率性隨意，而且他喜好喝酒是很出名的。在杜甫《飲中八仙歌》中排名第一的就是「知章騎馬似乘船，眼花落井水底眠」。杜甫幽默描寫他酒後騎馬前仰後合，好似坐船，萬一不小心摔到井裡，接著睡覺就是了，老賀豁達豪放的形象躍然紙上。

二是他風度翩翩、談吐儒雅、溫潤如玉。宰相陸象先是賀知章的表弟，他特別欣賞老賀的第二點，曾經說道：「季真風流倜儻，實為高士。我和子弟們很久未見，並不想念；可是**一天不見他，就覺得自己變猥瑣了。**」物以類聚，人以群分，讓我們來看看如此推崇老賀的陸象先本人又是如何。

寬仁為政

陸象先，本名陸景初，象先是唐睿宗所賜名。「天下本無事，庸人自擾之」就是出自此人之口，由此可見他的清高。

太平公主專權時，大臣們多阿附於她，陸象先卻不為所屈。太平公主想提拔親信崔湜做宰相，崔湜死活不肯：「陸公高出常人一等，應被提為宰相。如果他都當不上，我怎麼有臉當呢？」太平公主無奈之下，只好把陸象先和崔湜一起提名給皇帝，結果兩人一起當上了宰相。**不阿附權貴依然被如此尊重而位極人臣**，這需要多麼彪悍的人格魅力！

先天（李隆基年號）政變中，唐玄宗稱太平公主準備叛變，於是誅殺其一黨，陸象先因是太平公主所舉薦，也連帶受影響，但唐玄宗很快將他釋放，還加封為兗（按：音同演）國公，賜實封兩百戶，加銀青光祿大夫。

陸象先後來被貶官到益州（今四川地區）執政，仁恕在心，從不苛待下屬和百姓。曾有部下勸諫他說：「此處民風刁滑，大人應用嚴刑峻法來樹立威信，否則百姓就會怠慢而不畏懼您。」陸象先微笑而答：「政，在治之而已。難道一定要用刑罰來樹威嗎？」百姓們聽說後都很感動，漸漸形成路不拾遺、夜不閉戶的風氣，蜀中大治。這樣的政績，讓人想起成都武侯祠上，清人趙藩所撰的那副楹聯：

能攻心則反側自消，自古知兵非好戰。
不審勢即寬嚴皆誤，後來治蜀要深思。

此聯結合七擒孟獲的故事，對諸葛亮治蜀的功業進行了總結。真正會治理的統轄者並不在於「好戰」，而是從心理上消除官府與民間的對立情緒，從而保持長久的安定局面。這種方法過去有用，今天仍有用。

文豪名臣

崔湜對陸公心服口服，他擔任宰相時年僅三十八歲。據說有一次，崔湜曾經在傍晚策馬出玄武門，在馬上賦詩道：「春還上林苑，花滿洛陽城。」張說（按：音同悅）正巧在路邊望見這位春風得意的崔帥哥，不禁自嘆道：「論文采，我還可以追得上他；論地位，我將來也可以追得上他；可是像他這般年紀輕輕便有如此成就，我可就比不上了。」他當年確實沒有想到，自己將來的成就、名聲和歷史地位會遠遠超出崔湜。

張說早年參加制科考試，策論排名第一，前後三次為相，既是一朝名臣，也是一代文宗。他病逝後，唐玄宗親自為其撰寫神道碑文，並罷元旦朝會，追贈其為太師，賜謚文貞。相傳張說的母親，曾夢到一隻玉燕自東南飛來投入懷中，繼而有孕生下張說，後來人們便以「玉燕投懷」作為喜得貴子的恭賀語。

人們呼岳父為泰山，其典故也是出自這位張丞相。唐玄宗到泰山封禪（按：是一種皇帝受命於天下的典禮，帝王應當到泰山祭祀至高無上的神靈）時，張說為封禪使。按照慣例，封禪之後三公以下所有官員都要遷升一級。張說利用職權，將原本是九品芝麻官的女婿鄭鎰，一躍提升至五品。玄宗大宴群臣時看到穿著緋袍（按：為一種古代官服，依品秩不同，衣服顏色也不一樣）的鄭鎰，便問他為什麼如火箭般快速升官，靠裙帶關係上位的鄭鎰無言以對，當時的名伶黃幡綽調侃道：「**這都是泰山的功勞啊！**」皇帝封禪，岳父借機提拔女婿，滿含敬仰之情的「泰山老大人」這一稱謂的誕生，倒是充滿了諷刺的味道。

崔湜能夠年輕得志，在於他先是傍上有「女宰相」之稱的大才女上官婉兒，後又依附權勢熏天的太平公主，基本都是靠吃軟飯掙來的。張說則全靠自己文武雙全的能力建功立業，爵至燕國公：他對內擁立李隆基扳倒太平公主，輔佐明君；對外討平叛胡，裁撤鎮軍，整頓府兵。他執掌開元文壇三十年，文章與許國公蘇頲（按：音同挺）齊名，**兩人號稱「燕許大手筆」**，而且兩個人的好文筆，都用來寫過著名的墓誌銘。唐朝最有名的墓誌銘故事，就是

「死姚崇算計活張說」。

死姚崇算計活張說

姚崇，字元之，也堪稱文武雙全，歷經高宗、武周、中宗、睿宗、玄宗五朝皇帝，三次拜相，並兼任兵部尚書。他曾因不肯依附太平公主而被貶官。唐玄宗親政後，姚崇歷任高職，封梁國公。他提出「十事要說」，實行新政，輔佐唐玄宗開創開元盛世，被稱為「救時宰相」，與房玄齡、杜如晦、宋璟並稱唐朝四大賢相，身後賜諡文獻。

早年間，姚崇為了執掌朝政，曾把擁立唐玄宗的功臣張說擠出朝廷，到邊疆鎮守。姚崇自此獨攬大權，成為開元年間第一位名相，為開元盛世打下了堅實的根基。多年後，姚崇退休，張說則因立下軍功回到朝廷為相，可謂三十年河東、三十年河西。

姚崇病危時，擔心自己死後張說對兒子們算帳，便把他們叫到床前叮囑說：「張說大人與我政見不合，但他的文章妙絕天下。我死之後，希望能請他給我寫篇墓誌銘。」兒子們聽到這個不可能完成的任務，不由面面相覷。姚崇繼續安排：「張大人最大的嗜好是古玩字畫。我死之後，按照禮節他一定會來弔唁，你們就把我的珍藏都擺在靈堂上。如果他看了無動於衷，就說明他遲早要找你們的麻煩，你們立刻辭官回鄉，不要留在長安。如果他見了流露出戀戀不捨的表情，你們便如此這般……。」

在姚崇的葬禮上，張說果然前來弔唁，當看到靈堂上陳列的古玩字畫時，他兩眼直冒金光。姚崇的兒子立刻上前施禮道：「先父留有遺言，這些字畫只有張大人的慧眼能欣賞，令我們贈予大人。」張說倒吃了一驚：「這怎麼好意思呢？」「先父只有一個心願未了，就是想求大人的墨寶為他寫篇碑文。」「原來如此。在下義不容辭，理所應當嘛。那這些……在下就卻之不恭，受之有愧了。」張說收下禮物，拿人手短，當即筆綻蓮花的寫了一篇祭文，詳述了久經考驗的姚崇同志的生平，褒揚其政績，頌讚其品德，基本就是此人只應天上有的意思了，和我們今天在新聞中常聽到的追悼詞差不多。

姚家人一拿到文章，立即連夜找人刻碑，同時將文稿呈皇帝過目。幾天後，張說總覺得好像哪裡不大對勁，便派人向姚家索要稿本，說是文辭不夠周密，想拿回去再潤色完善一下。姚崇兒子領人來看已刻好的石碑，並說連皇上都已看過，還稱讚張丞相文筆過人、同僚情深。僕人回報之後，張說大為懊惱，撫膺長嘆：「死姚崇能算計活張說！」看來《三國演義》中說「死諸葛嚇走活仲達」真是不虛啊。

姚崇確實了解張說的兩個軟肋，一是多少有點貪財之心，二是反應慢一拍。張說為姚崇寫了這篇墓誌銘之後，世人都認為他與姚崇已經和解了，他也就不好意思再為難姚崇的兒子們。從這個故事中，我們可以看出姚崇的權謀和張說的率直，而張說的率直，早在其青年時期就已顯露無遺。

據實鑄史

武皇時代，女皇著名的男寵張昌宗（就是被宋之問豔羨的那位男寵，人稱六郎），誣陷御史大夫魏元忠與人私議謀反，並脅迫張說做偽證，張說迫不得已之下應允了。後來成為開元年間第二位名相的宋璟，特地在張說進宮的路上等他，並勸他不要冤枉魏元忠，張說不置可否。

待到面見武則天時，張昌宗便氣焰逼人的讓張說做證。頂著女皇熱戀男友的重壓，張說突然慷慨陳詞：「陛下您看，張昌宗當著您的面都敢這樣強逼微臣，沒在您面前的時候他該何等囂張！臣今天面對大庭廣眾，不敢不據實以對。臣沒聽到魏公說過那些話，都是張昌宗逼臣誣陷他。臣豈不知今日如果阿附張昌宗便能立取高官，否則就惹下滅族大禍，但實在不敢誣陷他人！」

群臣聽了張說這番話，都不停的點頭，所謂公道自在人心。張說的證言果然保住了魏元忠。武則天總要給小鮮肉男友留點面子，雖然明知張說所言是真，還是斥責他是「反復小人」，把他流放嶺外。張說在這件事情上的英雄表現，可令人浮一大白（按：喝一大杯酒），但這還不是整個故事最精彩的。

多年後，史官吳兢寫《則天實錄》時，如實記載了這段歷史，包括宋璟的激勵之語。當時張說已繼宋璟之後，成為開元年間的第三位名相，位高權重，門生故吏滿天下。為了面子，他暗中請求吳兢把宋璟相勸的那段話刪掉，免得人家認為自己本來已經屈從張昌宗，全靠宋璟的激勵才有此膽氣。但吳兢堅決不肯：「若徇公請，則此史不為直筆，何以取信於後？」最終也沒有改動一字。

其實張說即使真是內心先屈服，後來才被宋璟激勵起來，也已經非常難得了，畢竟他甘冒身家性命的巨大風險說了真話。吳兢是據實寫史，不需要裝模作樣，塑造不食人間煙火的高尚虛假形象。

筆者很喜歡文天祥的《正氣歌》，因為裡面藏著許多精彩典故，除了前文提到的「在秦張良椎」，還包括兩個史官的光輝故事：「在齊太史簡」和「在晉董狐筆」。由此可看出，吳兢並不是中國史官中的特例，他們確實有著能夠引以為傲的優良傳統。這兩個故事意味深長，相信大家一定會喜歡。

太史簡董狐筆

齊國大臣崔杼（按：音同柱）殺了齊莊公之後，史官太史伯秉筆直書：「崔杼弒其君。」崔杼要求太史伯將記載改成齊莊公暴病身亡，太史伯不從，崔杼便殺了他；換上太史伯的二弟太史仲來寫，不料他也如實記載，崔杼也很乾脆的把太史仲也殺了；再換上老三太史叔，還是如實記載，崔杼也殺了太史叔；換上老四太史季，他繼續照抄一遍。刀都砍鈍了的崔杼再也無法淡定了，暴跳如雷道：「你的三個哥哥都因為不聽話死掉了，你難道不怕死、全家被滅門嗎？」

太史季正色回答：「據實直書是史官的職責。若瀆職求生，還不如去死。」崔杼無計可施，終於放棄，由得太史季去了。太史季走出門來，豔陽高照，只覺恍若隔世。忽見另一家史官南史氏，抱著竹簡一路小跑而來，太史季忙問何故。南史氏答道：「只怕你家四兄弟都被殺光了，再也沒人能如實記載此事，我只好趕來繼續履行史官的職責。」太史季向其出示手中記著「崔杼弒其君」的竹簡，南史氏仔細看了，方才放心，兩人施禮而別。這便是「在齊太史簡」。

中國中央電視曾播過電視劇《趙氏孤兒》，「在晉董狐筆」其實就是這個故事的前傳。電視劇常常情節拖沓，不如讀書來得效率高而且有韻味，所以筆者沒看，也不清楚電視劇裡有沒有交代晉景公記恨趙朔的前因了。這個前因就是之前的國君晉靈公（晉景公的堂兄），在趙朔的父親趙盾執政時被殺。

晉國權臣、卿大夫趙盾為人較仁義，晉靈公小時候也是由他扶立為君。但晉靈公長大後越來越不像話，做的事情一件比一件沒節操、下限。據《左傳．晉靈公不君》記載，他最大的興趣是在高臺上用彈弓射行人，看他們雞飛狗跳的躲避，然後幼稚的大笑。有一次因為熊掌沒燉爛，他就把廚師殺了，還將屍體裝到筐中讓宮女頂著經過朝堂，來警告那些勸諫他的人。

自古昏君大都玩物喪志，各有各的敗家嗜好。比如衛懿公極度喜好養鶴，而晉靈公則是位愛狗人士，給狗穿繡花衣，把大夫們才吃得上的肉食拿來餵狗，無限抬高狗的地位，使得人人見狗都得躲著走。

晉靈公另外惡名昭著的事例就是重稅厚斂，當時晉國人民已不堪重負。趙盾看不下去，便苦苦相勸，晉靈公嫌他囉嗦，聽了十分膩煩，打算殺了他。幸好趙盾遇到忠義之士，躲過兩次暗殺，心想還是性命要緊，便帶著兒子趙朔逃往國外，在國境線上正巧遇見弟弟趙穿出使回國。

趙穿聽了事情原委，便勸哥哥留在國境內先別出去，免得將來回國手續不好辦，還是等自己先去勸晉靈公痛改前非再說。他在歸途中一路盤算，覺得要說服正處於青春叛逆期的晉靈公很不現實，搞不好連自己的小命也得葬送掉，所以回京後直接挑唆衛士叛變，殺死了晉靈公。雖然晉靈公善於籠絡軍隊高級將領，為他們配備了超標準的豪華馬車，但下級軍官和士兵的家人都負擔著苛捐雜稅，他們早已憤懣於心，光是養著少數腦滿腸肥的高官又有什麼用？

趙盾聞變回京，擁立公子黑臀為君（按：史稱晉成公，為晉靈公的叔叔、晉景公的父親），自己繼續當首輔大臣。於是史官董狐記載：「秋七月，趙盾弒其君。」趙盾對於趙穿弒君的行為一直心中有愧，有一天專門找了董狐要史書翻閱，一看到這句，不禁勃然大怒：「殺先君的是趙穿，並不是我啊！」董狐平靜的回答：「趙穿行兇之後，**說句『我哥是趙盾』**

就沒事了。您是首輔，逃未出境，歸不討賊，責任自然該由您來負。」趙盾無語以對，仰天長嘆一聲，對董狐無可奈何，只好作罷。

把董狐的話翻譯成今天的話語，就是中國組織上用心良苦推行的「一把手負責制（按：是行政首長負責制的通俗說法，一把手就是指組織單位的最高領導人。此法主要是指首長在民主討論的基礎上，對本行政組織所管轄的重要事務具有最後決策權，並對此全面負責）」。可惜現在很多一把手，只在行使權力時具體負責，出了問題則只有一個抽象的「領導責任」而已，到了輿論的風口浪尖不得已被追責下臺，過不了多久就能官復原職。

從這個故事中，我們能夠理解《趙氏孤兒》一劇的深層歷史背景。趙氏政治集團殺了國君都不必償命，後任的國君能不忌諱？能不故意放任「下宮之難（按：晉國世族趙氏被陷害滅亡，而趙武復興趙氏的故事）」，把趙家滅得只剩趙氏孤兒？

這位孤兒趙武，後來使趙氏重新光大昌盛，他的後代終於與韓、魏兩族一起，三家分晉。

第二部

盛唐

筆落驚風雨，詩成泣鬼神

第六章

李白謫仙之作，賀知章配酒搶先欣賞

張說自愧不如崔湜；崔湜自愧不如陸象先；陸象先本人已經超凡脫俗，大家可以想像被他如此推崇的賀知章該是何等人。

謫仙人

天寶初年的一天，這位人見人愛、花見花開的賀知章賀大人又像往常一樣，一路溜達到了自己最愛的杏花村酒家。他施施然上到二樓，在自己最喜歡的靠窗雅座坐下，要了一壺清酒、一盤牛肉，準備自斟自飲，來個一醉方休。只聽見樓梯嘎吱聲響，走上來一位白衣公子，此人目光深邃、面容俊朗，眼光朝眾人掃了一圈。被他眼光掃過之人只覺對方氣勢逼人，都不禁打了個寒戰。

見白衣公子的眼神停在自己臉上，賀知章心中一跳，心想自己闖蕩文壇幾十年，見過許多頂尖高人，但還從未遇見過如此英氣逼人的眼神。老賀正在暗忖對方的來路如何，白衣公子已面帶微笑，緩步走到桌前，一揖到地：「晚生見過賀老前輩。」抬頭一笑，燦若春花。老賀見是友非敵，一顆心落回原處，起身還禮：「這位公子如何認得老朽？敢問公子尊姓大名？」「賀老前輩提攜後進，名滿天下，何人不知？平生不識賀知章，滿腹詩書無人賞。晚生姓李名白，乃是蜀中人氏。」

原來李白的祖上在西域生活多年，他自己則出生於今天的四川江油青蓮鄉。誕生前一夜，母親夢見太白金星飛入懷中，故為孩子取字太白（包括前文提到的「玉燕投懷」，大人物都喜歡給自己、或被後世人渲染上些許神話色彩）。**李家本是武學世家**，李白少時曾在眉州象耳山中讀書習武，甚覺枯燥，一日丟了書本，便下山玩耍。一路走到溪邊，只見一位白髮老婆婆正在那裡嘿呀嘿呀的磨一根鐵杵。李公子家學淵源，一眼看出這老嫗身負絕學，忍不住問道：「請教這位大娘，磨杵何為？」老嫗微微一笑：「無他，打算磨成我家傳神針而已。」李白一驚：「老人家莫非正是江湖上人稱仙鶴神針的武家大娘？」他立時明白過來，這是和所有武俠小說一樣的橋段，男主角遇上了世外高人的指點，於是恭恭敬敬的行了個大禮：「多謝前輩教誨！弟子若不學成，誓不出此山一步。」自此李白勤學苦練、文武雙修，不出幾年便有大成。

學成文武藝，貨賣帝王家，李白隨後便出川入京求取功名。他自忖若想在京都之地揚名立萬，還需有前輩代為延譽方可，聞得賀知章大人最喜提攜後進，遂一路打探，找到老賀常來的這家杏花村酒家等候，果然得見。

幾句場面話說過，賀知章便問：「賢侄可有詩稿帶在身邊？」這一問正中李白下懷，他立刻從袖中取出一篇《烏棲曲》遞上。老賀接過來搖頭晃腦的唸道：

姑蘇臺上烏棲時，吳王宮裡醉西施。
吳歌楚舞歡未畢，青山欲銜半邊日。

銀箭金壺漏水多，起看秋月墜江波。
東方漸高奈樂何！

老賀越讀臉色越是陰晴不定，讀畢後長嘆一聲：「此詩足可驚天地泣鬼神！然而你竟敢這樣譏刺國家領導人，不怕誅九族嗎？」原來此詩明寫的是春秋時吳王夫差，先發憤圖強振吳敗越，後沉湎聲色反致覆亡；暗諷的卻是當朝天子唐玄宗與之相似的早期勵精圖治，後期荒淫廢政。全詩樂極生悲的意蘊呼之欲出，老賀這樣的明眼人一看即知。我們若聯想到幾年後的安史之亂，「漁陽鼙鼓動地來，驚破霓裳羽衣曲」，玄宗倉皇逃蜀地，貴妃命喪馬嵬坡，李白可算是有先見之明。

出手的第一首詩即為上品，賀知章心知面前的青年才氣之高不可限量，忙問：「賢侄可還有其他詩稿？」李白早有準備，立刻遞上《蜀道難》。老賀接過，朗聲讀道：

噫吁嚱，危乎高哉！
蜀道之難，難於上青天。

賀知章不禁擊節讚嘆：「比擬之奇，聞所未聞。」繼續抑揚頓挫的唸下去：

蠶叢及魚鳧，開國何茫然。
爾來四萬八千歲，不與秦塞通人煙。
西當太白有鳥道，可以橫絕峨眉巔。
地崩山摧壯士死，然後天梯石棧相鉤連。
上有六龍回日之高標，下有衝波逆折之回川。
黃鶴之飛尚不得過，猿猱欲度愁攀援。
青泥何盤盤！百步九折縈岩巒。
捫參歷井仰脅息，以手撫膺坐長嘆。

我們可以清楚的看到，李白在這裡用出了前無古人的誇張手法，奠定了自己最獨特的風格。老賀越讀越興奮，根本停不下來：

問君西遊何時還？畏途巉岩不可攀。
但見悲鳥號古木，雄飛雌從繞林間。
又聞子規啼夜月，愁空山。
蜀道之難，難於上青天！
使人聽此凋朱顏。

連峰去天不盈尺，枯松倒掛倚絕壁。
飛湍瀑流爭喧豗，砯崖轉石萬壑雷。
其險也如此，嗟爾遠道之人胡為乎來哉？
劍閣崢嶸而崔嵬，一夫當關，萬夫莫開。
所守或匪親，化為狼與豺。
朝避猛虎，夕避長蛇。
磨牙吮血，殺人如麻。
錦城雖云樂，不如早還家。
蜀道之難，難於上青天，側身西望長咨嗟！

賀知章一口氣讀罷，難捺激動之情：「你定是神仙遇謫下界，凡人哪能寫出這種詩！」李白的外號「謫仙人」就從此而來。

金龜換酒

興奮的老賀急忙招呼李白落座：「來來來，咱爺兒倆好好喝幾杯，我請客！」又叫一聲：「小二，把這清酒撤了，換茅台酒上來！」爺兒倆開始推杯換盞，談文論詩。酒逢知己千杯少，抬頭紅日已西斜。酒足飯飽後，老賀叫來小二結帳，一看帳單數字，酒就醒了一半，再顫顫巍巍去摸腰間，突然一個激靈，發現自己今日出門竟然沒帶錢包。

老賀是酒店的熟客，店小二當然了解這位身為禮部侍郎（等於現在中國副部級）的幹部，不是故意吃霸王餐，趕緊陪笑道：「要不領導您簽個單，結在禮部的公款招待費裡？這也是在為國家禮賢，並非私事嘛。」不料賀副部長一擺手：「我倒是也想報銷來著，只是本朝從來不准用公款消費。你還是拿這個去抵酒錢吧。」說著，解下了腰間皇帝御賜的金龜。

店小二和李白見了，都嘖嘖稱奇。要知道這金龜好比奧運會金牌，價值遠不止在於那點金子，而是極高的榮耀和身分的象徵。唐代只有親王和三品以上官員（宰相級別）才有資格佩戴金龜，其他人即使有錢買，也沒資格用。老賀現在居然捨得、也敢將金龜拿出來換酒，說明對自己尊貴的身分毫不在意，對賞賜金龜的君主也不是畢恭畢敬，**當得起「四明狂客」這個稱號**。若是賒帳當然也行，但那太俗，也就不會有這個「金龜換酒」的故事流傳下來了。

說到金龜，晚唐李商隱有首七絕，是一首他最擅長的無題詩，後來就以詩的頭兩字命名《為有》：

為有雲屏無限嬌，鳳城寒盡怕春宵。
無端嫁得金龜婿，辜負香衾事早朝。

這首詩描寫了一個嫁給高官的妻子，埋怨丈夫因為要赴早朝，而不得不清晨就從溫暖的被窩裡爬起來。此後金龜婿就成為身分地位高貴的女婿代稱。但到了現代，貴不貴的大家已經不在乎，只要是富，也就可以稱為金龜婿了。

老賀與李白大吃大喝了一頓還不過癮，乾脆邀請他將行李從客棧搬到自己家裡。兩人每日談詩飲酒，賓主甚是相得。**李白比賀知章大約小四十歲**，兩人是祖孫輩的忘年交。

時光荏苒，轉眼進士考試之期將至，老賀對李白道：「今春考官乃是楊貴妃之兄，宰相楊國忠，監考乃是大太監高力士，都是愛財之人。賢侄若不拿出些金銀去買通他們，就算你有滿腹的學問，恐怕也難中進士。不如我寫封帖子去，預先囑託一下，也許他們兩位能給我一點面子。」李白點頭稱謝。沒想到老賀的這番好意，倒引出好大的一場波折。

第七章

太白醉草嚇蠻書，趁機報復主考官

話說賀知章當時寫了兩封推薦李白的書信，差人分別送給楊國忠與高力士。楊、高兩人看信之後，都冷笑道：「老賀八成是收了人家的金銀，卻空手寫了書信來我這裡白討人情，這麼不識相！哪天如果真有李白名字的卷子交上來，我便看也不看就給他廢了。」這正是以小人之心度君子之腹。

到了考試那日，李白文思泉湧，一筆揮就，當先交卷。楊國忠見卷子上有李白之名，果然言出必行，看也不看就一頓亂筆塗抹：「這樣的書生，只配給我磨墨。」高力士哈哈大笑：「我看連給我磨墨也不配，給我脫靴結襪罷了。」

李白被楊、高兩人如此嘲笑了一番，怒氣沖天的回到賀知章家。賀知章勸道：「老弟不必煩惱，暫且在舍下安心住著。我再幫你謀劃。大不了等到再次考試，考官換人，你必然能夠登第了。」李白無計可施，只好終日與賀知章飲酒賦詩，倒也快活。

醉草嚇蠻書

一天，賀知章照常上朝。專門負責外事接待的鴻臚寺卿（不是鴻臚寺方丈）出班上奏道：「今有渤海國遣使我朝，並奉上國書。」只見一位身材短小、外邦衣著的使節，雙手捧著國書緩步走上殿來。

奇怪的是，當他走到最後幾步時，每步均稍稍一頓。眾大臣微覺詫異，留心一看，不禁咋舌。殿前堅硬的青磚上，他走過的地方都留下了半寸深的足印，原來是有意顯露武功示威。唐玄宗見此，眉頭也不由得微微一皺。使者行禮如儀，朗聲道：「渤海國使者拜見大唐皇帝陛下，並奉上國書。」漢語稍顯生硬，倒也字正腔圓，調調和今天的留學生「歪果仁」們差不多。

旁邊的翰林學士展開國書，倒吸一口冷氣，趕快拜伏啟奏：「臣等學識淺薄，全然不識一字。」唐玄宗見使者面露微笑並不接話解釋，心知原來這是故意考驗本國來了，便道：「將國書傳與諸大臣，看可有人識得。」傳了一圈，眾人盡皆搖頭。唐玄宗無奈道：「楊愛卿，你乃今春考官，學識淵博，翻譯來聽聽罷。」楊國忠汗如雨下，只能不住磕頭：「陛下聖明！若是吐蕃、回紇等大邦文字，我朝學士盡皆純熟。此小邦語種，並未設四六級考試，故大家均未學習。此誠應試教育之弊端也！」

唐玄宗心想：這小邦使節都能講如此流利的漢話，我堂堂大唐威加四海，卻無人能識得彼邦文字，豈不被他小瞧？於是當即勃然大怒：「爾等空食君祿，竟無一個飽學之士與朕分憂！此書識不得，如何答覆？天朝的臉面豈不丟盡！」百官免冠叩首，不敢答言。賀知章見時機已到，趕緊出班奏道：「臣家有一飽學之士，姓李名白，博學多能。陛下可請來一試。」賀知章是唐玄宗為太子挑選的老師，素以滿腹經綸為當朝所推重，他既然舉薦李白，唐玄宗正手足無措，自然病急亂投醫，立刻遣使去賀宅宣召李白火速入宮。

李白聽使者講了原委，抬頭打個哈哈，「仰天大笑出門去，我輩豈是蓬蒿人」，穿了御賜袍服，打馬入朝。上得殿來，看見青磚上的足印，心中一動，面上卻不露聲色，當下緩步上前，每一步都正好踏在足印之上，並微微搓上一搓。殿前文武見狀，俱留心他走過之地，只見渤海國使者留在青磚上的足印，已被搓得痕跡模糊，忍不住低聲叫好。唯有楊國忠和高力士見李白露了這一手，臉色越發難看。而渤海國使者本來一臉倨傲，此時也不由得微露欽佩之色。

唐玄宗見李白比武已勝一籌，自是龍顏大悅：「今有外邦國書，無人能解。聞得李愛卿博學多能，特宣卿至，為朕分憂。」李白此時倒開始端起架子了，躬身奏道：「臣才疏學淺，應考也不能中。今有番書，何不令主考官解之？」唐玄宗道：「賀公力薦愛卿，卿其勿辭！」遂將國書賜與李白觀看。

李白一路看，一路隨口譯出：「渤海國王書達大唐皇帝：自貴國占了高句麗，與敝國逼近，邊兵屢犯吾界。何不將高句麗一百七十六城，讓與敝國，免傷和氣？敝國自當有好禮相送。如若不肯，願與陛下會獵於高句麗。」

百官聽了，面面相覷。楊國忠好大喜功，出班奏道：「渤海國夜郎自大！微臣不才，願提十萬勁旅平之。」賀知章趕快諫阻：「太宗皇帝天縱神武，連征高句麗尚未能取勝，府庫為之虛耗。今承平日久，無將無兵，倘若輕動干戈，兵連禍結，且難保必勝。兵者，凶器也，聖人不得已而用之。」唐玄宗點頭：「這般便如何答他呢？」賀知章道：「李白善於辭令，可使其作國書復之。」唐玄宗大悅，即拜李白為翰林學士，賜宴金鑾殿：「李卿可開懷暢飲，休拘禮法。」李白果然喝得酩酊大醉。唐玄宗吩咐御廚做醒酒羹，親手賜予，李白一飲而盡。楊國忠、高力士見了，自是愀然不樂。

唐玄宗又賜李白坐在御榻之前的錦墩（按：用錦裝飾的一種坐具。其狀略似長鼓）上草詔。李白奏道：「微臣靴上不淨，恐有汙前席。望皇上寬恩，賜微臣脫靴結襪而登。」唐玄宗覺得這個要求很合理嘛，遂命小內侍：「與李學士脫靴。」不料李白的真意在後面，他借著酒勁道：「微臣還有一言，乞陛下赦臣狂妄。微臣之前入試春闈，因才疏學淺被宰相楊大人批落，又為高大人所笑。今日二位大人領班，微臣見之神氣不旺。乞陛下吩咐楊大人與臣捧硯磨墨，高大人與臣脫靴結襪，微臣始得意氣自豪，舉筆草詔，口代天言，方可不辱君命。」唐玄宗本就是一位性格寬厚的皇帝，且一來知道李白是要報被辱之仇，並非無端挑釁；二來見他醉態可掬；三來見他識得渤海文字，確是奇才，此誠用人之際，不願拂了其意，當下傳旨：「既然如此，著楊國忠捧硯，高力士脫靴。」

兩人見李白恃天子一時寵幸，居然就在大殿之上當著百官之面來報復前仇，心中大怒，皆敢怒不敢言，只得垂頭喪氣照做。李白洋洋得意，筆走龍蛇，須臾間草就了詔書獻上。唐玄宗一看自然不識，便命李白讀出來。李白意氣風發，讀得聲韻鏗鏘：「大唐皇帝詔諭渤海國王：自昔石卵不敵，蛇龍不鬥。大唐應運開天，撫有四海，將勇卒精，甲堅兵銳。突厥背盟而被擒，吐蕃鑄鵝而納誓，新羅奏織錦之頌，天竺致能言之鳥……皆畏威懷德，買靜求安。高麗拒命，天討再加，傳世九百，一朝殆滅，豈非逆天之咎徵，衡大之明鑑與！況爾海外小邦，高麗附國，比之中國，不過一郡，士馬芻糧，萬分不及。若螳怒是逞，鵝驕不遜，天兵一下，千里流血，君同頡利之俘，國為高麗之續。今大唐天子聖度汪洋，恕爾狂悖，急宜悔禍，勤修歲事，毋取敗亡，為四夷笑。爾其三思哉！故諭。」

這篇詔旨可謂恩威並濟、氣勢逼人，群臣齊呼萬歲。唐玄宗撚鬚大喜。渤海國使者不發一言，接書告辭而出。鴻臚寺卿送至宮門，使者私下裡問：「適才宣詔者何人？」答曰：「姓李名白，翰林學士。」使者又問：「他是多大的官，能夠使宰相捧硯，太尉脫靴？」鴻臚寺卿專門負責外事接待，腦筋和口齒都是第一等的人才，在這種時候當然要抓緊機會樹立國威，當即回答：「宰相太尉，不過人間之極貴。李學士乃天上神仙下凡，更有何人可及？」

使者聽了，點頭而別，歸至本國覆命，詳述了在大唐的見聞。渤海國王看了國書，心想：大唐有神仙相助，那還如何與他們作對？於是立刻修書結好，年年進貢，歲歲來朝。這一段演義，民間稱為「李太白醉草嚇蠻書」。在《宰相劉羅鍋》這部特別暴露年齡的電視劇中，劉羅鍋金殿見君、震懾外邦來使的橋段，就套用了這個故事。

刀下留人

由此唐玄宗對李白十分寵幸，常常宣召他入宮吟詩作賦，並以政事相詢，想看他是否有治國之才，評估一下能否重用。就在這恩幸日隆的蜜月期裡，李白做了一件日後挽救大唐王朝的事情。

一日，李學士正在長安大街上閒遊，思索著要去哪家酒肆歡飲，忽聽得鑼鼓齊鳴，一隊刀斧手擁著一輛囚車經過。駐馬問之，原來是從邊疆押解來的行軍誤期軍官，按軍法推至東市處斬。只見囚車中站著一位壯漢，容貌英偉，虎背熊腰。李白是個好奇心旺盛之人，便問其姓名。那人回答得聲如洪鐘，並無赴死之人常見的恐懼戰兢。

李白見他氣概非凡，心想若留得此人性命，將來必為國家柱石，遂喝住刀斧手：「爾等不可動手，待我親往駕前保奏。」眾人見是神仙下凡、聖眷正隆的李學士，誰敢不依，樂得做個順水人情，便停車相待。李白當即回馬直奔宮門求見唐玄宗，舌粲蓮花的討來了一道赦敕，便像電視劇裡常見的那樣，一路高喊「刀下留人」，飛馬趕到東市，打開囚車放此人出來，許他戴罪立功。這位被李白從囚車裡救出的壯士，便是大名鼎鼎的郭子儀。

被救的郭子儀拜謝了李學士的救命之恩，立志將功補過、精忠報國。李白救人一命勝造七級浮屠，心情自然大好，又約了三五好友到杏花村酒樓痛飲，「五花馬，千金裘，呼兒將出換美酒」，不覺酣然睡去。李學士暫且擱下，我們且來說說郭子儀。

郭子儀一生經歷了武則天、唐中宗、唐睿宗、唐玄宗、唐肅宗、唐代宗、唐德宗七朝，早年未受重用，後來唐王朝在安史之亂中幾乎覆滅，郭子儀率軍收復洛陽、長安兩京，功居平亂之首。後來吐蕃、回紇聯兵入侵，郭子儀單騎馳入回紇大營，靠自己的威望和人品與回紇結盟，典型的「不戰而屈人之兵」，然後掉頭擊潰吐蕃。郭老令公可謂再造大唐，在亂世中安定唐朝達二十多年，因功封汾陽郡王，唐德宗更是尊其為「尚父」。

歷史上功勞蓋世的名將有很多，但郭老前無古人、後無來者的是「權傾天下而朝不忌，功蓋一代而主不疑」。他人品極好，最大的特點是寬厚；智商極高，既是戰略家，又是戰術家；情商極高，不僅功高不震主，更難得的是**就連奸臣都不忍陷害他**。他有七子八婿（《舊唐書》則說有八子七婿），富貴壽考。他的兒媳婦是公主，親家翁皇帝和他合演了一出著名家庭倫理教育戲，流傳千古；他的孫女做皇后，之後曾外孫又當了皇帝……。

醉打金枝

郭子儀七十歲大壽，八個女兒、八個女婿、七個兒子、七個兒媳齊來拜壽。因這些連襟、妯娌都是高官貴冑，手中都有朝笏（按：朝笏是官員面見皇帝時，才會使用的辦公用品〔作用相當於記事本〕，用來象徵高官），在祝壽時，把朝笏放滿床頭。此典故後被改編成小說、戲劇，叫作《滿床笏》。順帶一提，《紅樓夢》裡的賈老太君最喜歡看這齣戲，兒孫滿堂、富貴熱鬧、喜氣洋洋。話題拉回來，當時孩子們數來數去都是二十九位，少了一位兒媳，原來是老六郭曖的妻子昇平公主未到。郭曖作為男人感到很沒面子。

父親爵至郡王、位極人臣，郭曖絕對算個貴二代了，但在他老婆昇平公主的眼裡，也就是個鳳凰男（按：跟在大城市裡生長的女性結婚的農村男性），因為整個大唐天下都是李家的。嫁到郭家後，公主保持金枝玉葉的本色，動不動就對丈夫和公婆發點刁蠻小脾氣。其實郭曖夫妻的關係總體上還是不錯的，但就在尊重公婆這點上，總是達不成一致。這次父親七十歲大壽，郭曖一看嫂子、弟媳們一早都到齊了，就自己老婆睡懶覺遲到，心裡很是鬱悶。派家童去催了幾次，公主終於搖搖曳曳的晃進門來。既然人齊了，七位兒媳便排成一字橫隊，齊刷刷的向公婆行禮。

耳聽環佩聲響，只見跪下去六位，還鶴立雞群的站著一位。不用說，高人一頭的自然是公主。這位皇帝的女兒，莫非在等著臣子郭子儀夫婦來下跪？究竟應該臣子跪公主，還是兒媳跪公婆，搞不好在每位駙馬家裡都是個問題。筆者猜想日常的解決方案很可能是相互免禮，一團和氣，有利於安定團結。

但在公公七十歲大壽這樣難得的日子，作為兒媳的昇平公主只要殘存點兒情商，隨妯娌們一起行個大禮，又不會閃到腰，還能哄得老公開心，何樂而不為呢？但是古今中外，損人不利己的白目女青年從來都是層出不窮，昇平公主便是其中一位。

苦等公主時，郭曖已經灌了好幾口老酒解悶，他看著長身玉立的老婆，忍不住斥責：「今日父親大壽，妳為何不拜？」公主見平日唯唯諾諾的老公，今天竟敢當眾斥責自己，不由逆反心理發作，柳眉一豎：「我爹是皇帝，我為什麼要拜？沒讓你們一起拜我，已經是客氣了！」郭曖一聽火冒三丈：「妳仗著妳爹是皇帝，就不給我爹拜壽？妳爹能當這個皇帝，那是因為我爹懶得當皇帝！」說完，順手就啪的給老婆一巴掌，這正是酒壯慫人膽。按郭子儀寬厚的性格，本應打圓場的，但畢竟年紀大了，沒來得及反應；而兄弟姐妹們也是萬萬沒想到郭曖能有如此壯舉，根本來不及勸阻這迅雷不及掩耳的一掌，就醉打金枝了。

郭曖此言一出、巴掌一打，滿屋人瞬間石化。這話不只傷及公主的尊嚴，更傷及當今天子的尊嚴，是毫無疑問的大逆不道。歷史用無數鮮血證明了，在等級森嚴的古代中國，這類話足以導致滅門。政治經驗豐富、一生謹小慎微的郭子儀立刻嚇出一身冷汗。

昇平公主從小到大都過著眾星捧月的生活，何曾有人敢加一根小指頭在她身上？雖然郭曖這一巴掌可能高舉輕放，肉體上不甚痛楚，但公主的面子卻受到了極大的創傷。昇平公主又急又怒，一聲嬌叱：「你反了！敢打我？我現在就回娘家，把你這話告訴我爹！」一當下不顧其他人的勸阻，嗚嗚咽咽的奪門而出。

郭子儀如何立即把兒子痛斥得滿頭黑線，自然不必多講。單說公主一路哭哭啼啼的奔進宮，見了父母，把在郭家拜壽發生的事，一五一十的哭訴了：「父皇你不知道郭曖多囂張，居然說他爹懶得當皇帝！父皇你快治他胡說八道的罪吧！」

母妃趕緊把受了委屈的女兒攬進懷裡，溫言好語輕輕安慰。唐代宗聽公主講完故事，不禁莞爾：「郭曖這小子口無遮攔，不過所言倒也不虛。妳公公對大唐有再造之功，若非他幾次捨身為國平亂，父皇這個位置早被叛賊或者吐蕃所奪了，妳也做不了歌舞昇平的公主。妳實在不知，當年我大唐風雨飄搖之際，他若有心取而代之，也是不難。郭老確是古今難得的忠勇雙全之良臣。」

這番胳膊肘向外拐的話，聽得公主瞠目結舌。此時只聽內侍來報：「陛下，汾陽郡王在外求見。郭駙馬也來了，呃……是綁著來的。」唐代宗道：「快請進來吧。」郭子儀推著五花大綁、垂頭喪氣的郭曖進來，一齊跪下：「老臣特來請罪！想來公主已對陛下講了前後原委。犬子酒後口出狂言，都是因為老臣教子無方！現將逆子綁了來，請陛下發落。」

唐代宗趕緊伸手扶起郭子儀：「親家公不必如此。小兒女閨房口角，何足計較？不痴不聾，不作家翁。來，咱們大家喝一杯，給老令公祝壽，」又回頭吩咐公主：「還不趕快將駙馬爺扶起來！」

公主見郭曖被綁成粽子模樣，也是心疼，立即幫他解開繩子，想想還未出氣，偷偷在他腰上又狠狠的擰了一把。郭曖憨厚一笑，對公主一揖到地，盡在不言中。兩人和好如初，並排坐了喝酒。

我們對比著看，中國的很多年輕小夫妻爭吵時，雙方父母長輩常常責無旁貸的介入幫忙，卻不知這樣往往會激化矛盾，小事變大。其實孩子長大以後結婚組成獨立的家庭，父母不應過多介入。「不痴不聾，不作家翁」在今天已是成語，可作為人公婆、岳父母者的座右銘，定能有助於社會和諧。

第八章

詩仙仕途大起大落，全憑貴妃心情決定

還是那句老話，機會永遠垂青有準備的人。文武雙全的李白在金殿上威震外邦來使後，一炮走紅，並以他的絕世才情使得恩寵日盛，三首辭藻豔麗的《清平調》博得嫣然妃子笑，將君臣關係推向蜜月期的最頂峰。

然而，也正是這三首傳世之作，讓進讒言的小人有機可乘，李白仕途就此急轉直下。真可謂是成也蕭何、敗也蕭何。要說起這其中的淵源，我們可以先聊點題外話：「美女」。

四大美女

這日春和景明，宮中沉香亭畔牡丹花盛開，唐玄宗正與楊貴妃同遊賞玩。說到楊貴妃喜歡賞花，頗有一番來歷。貴妃娘娘有一次在御花園中遊玩，見花兒嬌美可愛，便伸手去摘，不料花葉立刻收縮卷起。這一幕恰巧被一位宮娥看見，逢人便大力宣揚貴妃和鮮花比美，連花兒都含羞低頭了。我們大致能猜到貴妃娘娘摸到的是含羞草，你懂的。至於這位宮娥，自然是極有前途。自此，楊玉環就喜歡在花園裡晃蕩，成為中國古代四大美女中排位第四的「貴妃羞花」。

在此順便就按歷史倒序，介紹「沉魚落雁、閉月羞花」的四大美女中的其他三位。

首先是排行第三的貂蟬。東漢末年，貂蟬見義父王允為了國家大事日夜憂慮，嘆息自己身為女子不能為父分憂，只能拜月默禱。此時一陣輕風微拂，浮雲將皎潔的明月遮住。王允瞧見這一情形，靈機一動，大肆宣傳行銷，逢人就誇耀說我女兒貂蟬如何美麗動人，連月亮見了她，也羞愧的躲到雲彩後面（閉月）。他故意讓董卓和呂布聞貂蟬之豔名，然後施用美人計一舉成功，激得三姓家奴呂布（按：三姓是指呂、丁跟董姓，呂布的呂是第一姓；他曾經拜丁原為父，此為第二姓；最後又拜董卓為父，是第三姓。不義不忠，所以呂布被張飛罵作三姓家奴）幹掉第二位乾爹、大奸賊董卓，暫時挽救了奄奄一息、行將就木的東漢。歷史研究者對貂蟬這一人物的真實性存有爭議，有觀點認為她是一個虛構出來的藝術形象，四大美女中的其他三位，都是歷史中的真實人物。

接下來這位青史留名的美女名叫王嬙，字昭君。據說晉代時為避司馬昭的諱，改昭君為「明君」，所以後人又稱她為「明妃」。中唐詩人戎昱在《詠史．和番》中諷刺道：「漢家青史上，計拙是和親。社稷依明主，安危托婦人。」大家不要以為昭君和呼韓邪單于，有著電視劇般的甜美愛情，因為這從歷史角度來說是靠不住的。

事實上他們老夫少妻，算是祖孫戀，只在一起生活了兩年，呼韓邪就病死了。隨後王昭君按照匈奴風俗，改嫁給了呼韓邪的長子、新一代單于，又做了十一年的「閼氏（按：音同胭脂，相當於匈奴的王后）」，按常理講可能後一段婚姻還相對平穩一些。然而昭君遠嫁匈奴之後，終生未能再看故土一眼，「獨留青塚向黃昏」，命運也是相當淒涼的。

當年她出塞途中心情憂鬱，在坐騎之上隨手撥弦，琴聲淒切，直沖雲霄，一隻南飛的大雁聽到這傷心的旋律，悲傷得忘記擺動翅膀，竟然跌落下來。更羸射下驚弓之鳥，雖不用箭也得用把弓，怎麼說都動用了兵器；而昭君打獵完全不需要兵器，只需要樂器，實在是位奇女子「昭君落雁」。昭君的家鄉據說在湖北秭（按：音同紫）歸，她有一位著名的同鄉，名叫屈原。因為屈原被流放前，他的姐姐特地趕回家來寬慰弟弟，後人為了表示對這位賢慧姐姐的敬意，將縣名改為「姊歸」，後來演變成了現在的「秭歸」。

春秋時越國少女西施在河邊浣紗，水中魚兒看見她清純動人的面容，竟忘記了游動，漸漸沉到河底。這就是四大美女排名第一的「西施沉魚」。西施有先天性心臟病，發作時常忍不住皺眉捂胸，人們都覺得她這樣更美，稱為「西子捧心」。同住施家村的東施姑娘容貌平庸、心臟健康，大白天沒事也學西施緊皺眉頭招搖過村，結果變得醜不堪言，鄰居紛紛閉門躲避，這就叫「東施效顰」。水中魚兒看見東施恐怖的面容，嚇死而沉到河底。長得醜不是妳的錯，出來扮鬼臉嚇人、嚇魚就是妳的錯了。

范蠡聽說西施美絕人寰，遂教以歌舞，花了三年將她訓練成人見人愛、花見花開的絕代佳人，然後獻給吳王夫差，好讓他沉湎酒色、不思國事，用美人計成功滅吳。關於西施的結局，史書中沒有明確的記載，善良的人們願意相信她跟著初戀情人、智富帥范蠡泛舟太湖去了，更現實的版本，則是說她被勾踐或其夫人沉江。到了人生的末尾，這時人們才知道，原來東施的生活也許更為平靜幸福，你猜中了故事的開始，卻沒有料到結局。所以曹雪芹借黛玉之手寫的《五美吟．西施》為她嘆息道：

一代傾城逐浪花，吳宮空自憶兒家。
效顰莫笑東村女，頭白溪邊尚浣紗。

四大美人中的前三位都成了政治和戰爭的工具，第四位也是老夫少妻且不得好死，可見自古美人如名將，不許人間見白頭。

走馬入宮

接著回到唐朝。當日貴妃娘娘對著盛開的牡丹，心情甚佳，便招宮裡的梨園子弟到沉香亭前奏樂。唐玄宗笑道：「新花怎能用舊曲呢？」便命樂師李龜年速召李學士入宮。

這位李龜年說起來在唐詩史上頗有一席之地。杜甫詩云「正是江南好風景，**落花時節又逢君**」，安史之亂後逢的這位君，便是李龜年。他年輕時受到玄宗皇帝的特殊待遇，在東都洛陽為他修造了豪華的住宅，奢華程度甚至超過了王公大臣。

岐王李隆范是玄宗的弟弟，好學愛才，善於音律。有一次，李龜年應邀到岐王府中作客，樂聲剛起，他立即說：「這是秦音的慢板。」隔了一會兒，樂音一變，他又說：「現在是楚音的流水板。」岐王均點頭稱是。演奏結束後，李龜年也不搭理他人，逕自掀起隔開賓客與樂師的帷幕，把樂師手中的琵琶取過來自己彈奏，看來他喜愛音樂已經到了目中無人的地步。杜甫大概就是在這種場合認識李龜年的。

李龜年帶了人出宮要去尋李白，隨從們都紛紛議論道：「這麼大一座長安城，到哪裡去尋李學士啊？」李龜年微笑不語，直奔城中最大的酒樓而去。才到門口，就聽得樓上有人作歌道：

天若不愛酒，酒星不在天。
地若不愛酒，地應無酒泉。
天地既愛酒，愛酒不愧天。
已聞清比聖，復道濁如賢。
賢聖既已飲，何必求神仙。
三杯通大道，一斗合自然。
但得酒中趣，勿為醒者傳。

歌聲中氣十足，直送出兩條街去。歌者不是李白又是誰？李龜年趕快大踏步上樓，只見李白獨占一桌，已喝得酩酊大醉。李龜年上前搖醒他：「聖上在沉香亭宣召學士，快隨我去吧！」

眾酒客聞得有聖旨，都好奇的站起來閒看。李白半張醉眼，嘴裡嘟嘟囔囔：「我醉欲眠……君且去。」於是翻個身，繼續睡覺，居然還打出鼾聲來。眾人不禁譁然，這分明是抗旨不遵嘛，好大的膽子！李白的忠實粉絲杜甫，曾經在《飲中八仙歌》裡，對這一幕有生動的描寫，詩云：

李白斗酒詩百篇，長安市上酒家眠。
天子呼來不上船，自稱臣是酒中仙。

面對鼾聲漸高的李白，李龜年急得一跺腳，走到窗口向樓下揚手一招。七八個隨從噔噔噔一齊上樓，不由分說的把李白抬下樓，扶上玉花驄，直奔宮門而去。李龜年騎馬緊隨其後。剛跑到五鳳樓前，唐玄宗又遣內侍來催促了，賜李白「走馬入宮」，抓緊時間趕路。這可是只有皇帝非常寵信的少數年邁重臣、貴戚才能享受的待遇。李龜年便可不必扶李白下馬，而是策馬一路跑到後宮沉香亭。

貴妃醉酒

來到聖駕面前，玄宗見李白還未醒來，便命宮女含甘泉水噴之。被噴了一頭冷水的李白從夢中驚醒，見已在天子和貴妃面前，大驚俯伏在地：「陛下恕臣失禮！」玄宗微笑著親手攙起：「朕今日同貴妃賞名花，不可無新詞，所以召卿前來。」李白應道：「既然如此，請賜臣文房四寶。」一旁李龜年立即遞上紙筆。李白醉意朦朧，大筆連揮，立成《清平調．其一》：

雲想衣裳花想容，春風拂檻露華濃。
若非群玉山頭見，會向瑤臺月下逢。

貴妃一看，詩中將自己比作眼前雍容華貴的牡丹花，又比作幻想中衣袂飄飄的瑤池仙女，不禁芳心大悅：「李學士醉中成詩，才華超曹子建遠矣。」曹植七步成詩，是急智作詩的代表人物，但那是在清醒狀態下完成的；李白酒醉而立刻成詩，難度更高。貴妃和玄宗這廂正在搖頭晃腦的讚嘆，李白那邊手不停揮，片刻間又一首作好，李龜年雙手奉上給玄宗，即是《清平調．其二》：

一枝紅豔露凝香，雲雨巫山枉斷腸。
借問漢宮誰得似？可憐飛燕倚新妝。

楚襄王為之斷腸的巫山神女，只出現在夢中而已，哪及貴妃娘娘真實的花容月貌觸手可及？漢成帝的皇后趙飛燕據說可做盤中舞，算得上絕代佳人，可李白說她還得倚仗新妝，素顏能不能入眼就很難講，哪及貴妃娘娘天生麗質，即便不施脂粉也是絕色？

其實，這個抑古揚今的說法並不是很靠譜，屬於欺負古人不能辯駁。按照今天的審美觀，骨感的趙飛燕應該更受廣告商的歡迎，而玉環姐姐八成要去做減肥抽脂手術。唐朝以豐腴為美，我們可以看到唐代仕女畫上的美女都是珠圓玉潤的。

李白被玄宗賜予「走馬入宮」的殊榮，而這兩首詩內都有流傳千古的名句，已足以回報皇帝。但他看起來興致正高，顯然沒有要收手的意思，須臾之間《清平調．其三》也平空出世，方投筆撚鬚微笑：

名花傾國兩相歡，長得君王帶笑看。
解釋春風無限恨，沉香亭北倚闌干。

這三首《清平調》好比長江三疊浪，一浪高過一浪。玄宗拍手嘆道：「愛卿之才，果非人間所能有！」當即命李龜年按調而歌，梨園眾子弟絲竹並起，玄宗也親自吹玉笛相和，一派靡靡之音、歌舞昇平之象。貴妃大喜，一連敬了李白三杯西涼葡萄美酒，自己也賞臉陪了一杯。酒興中娘娘隨歌起舞，意態似醉非醉，恍若仙女下凡，這一段便稱為「貴妃醉酒」，是後來四大名旦之首、京劇大師梅蘭芳先生的拿手曲目之一。

當下玄宗賞賜李白可遍遊皇宮內苑的特權，又令內侍推了一小車美酒緊隨其後，任其酣飲。自此以後，凡宮中內宴，李白每每被召，連貴妃也對他十分敬重。

仕途失意

大太監高力士對殿上當眾為李白脫靴之事耿耿於懷，一直伺機報復，但見李白聖眷正隆，也無可奈何。一日，高力士見貴妃娘娘獨自倚欄低唱《清平調》三首，一唱三嘆，正在顧影自憐、大發花痴，趕緊小碎步上前，加油添醋一番：「老奴原以為娘娘會對此詩怨入骨髓，不料竟然如此喜歡，實為不解。」貴妃詫異道：「此詩有何可怨之處？」高力士道：「娘娘可曾見過畫圖中，一武士手托金盤，盤中女子舉袖凌風而舞，那便是趙飛燕。她乃漢成帝之皇后，寵幸無比，誰知竟與燕赤鳳私通。李白以趙飛燕比娘娘，其心可誅。」

楊貴妃聽了此言，一張臉頓時漲得通紅。原來她認了胡人安祿山為義子，常出入宮禁，關係曖昧。據說安祿山曾經誤傷楊貴妃胸前，留下了「祿山之爪」這個典故，還相傳楊貴妃為了遮擋傷處，就發明了抹胸（按：為一種胸間貼身衣服，一般以方尺之布製成，緊束前胸，以防風侵入）。

高力士提趙飛燕此事，正刺中她的忌諱，於是心下懷恨李白，常在唐玄宗耳畔說李白好酒輕狂，無人臣之禮。唐玄宗見貴妃不喜歡李白，便不再召他入內宴。李白情知為人所中傷，再難被重用，只得借酒澆愁，與賀知章、張旭等人結為酒友，每日縱酒高歌，時人稱之為「飲中八仙」。

前文對高力士的描寫出自《警世通言》，一些細節禁不起推敲。在後世的演義小說中，宦官絕大多數是奸臣或弄臣的形象，但很多**正史中記載的高力士，卻是千古賢宦第一人**。《資治通鑑》稱其「性和謹，少過，善觀時俯仰，不敢驕橫，故天子終親任之，士大夫亦不疾惡也」。據說連張說、張九齡、李邕等賢相名臣，都對他尊重有加，這在《全唐文》中被多處提及。《史綱評要》更是評價其為「真忠臣也，誰謂閹宦無人」。

李白世交子姪范傳正，將李白墓由龍山遷葬青山，並親自撰寫《唐左拾遺翰林學士李公新墓碑》碑文，碑文中記載「時公已被酒於翰苑中……命高將軍扶以登舟，優寵如是」。一個是謹言慎行的侍從，一個是心懷天下的臣子，兩人同受天子恩寵，按道理講應該可以相安無事。不過人性複雜，李白與高力士之間的關係究竟如何，已不得而知。但李白很可能並不是因高力士進讒言而失寵的。

後人論到南唐後主李煜，總道「國家不幸詞家幸」，否則就不會有「問君能有幾多愁，恰似一江春水向東流」這樣的千古名句留給我們了。同樣的道理，李白如果仕途得意，最好也不過出將入相、位極人臣，但在詩歌創作上可能就難以登峰造極，中國文學史上會損失最輝煌的一顆巨星。他個人政治上的失意，卻是中華文化的福氣。

唐朝的幾位超一流大詩人，其作品都有鮮明的個人特色，以至於有些詩句即使我們不知道確切的作者，考試時都可以按其風格蒙對連線題。李白的特點總結如下：

第一，想像力已經豐富到了非人類的程度，觀察事物所站的角度，都不是凡人能去的地方。

第二，大開大闔，氣勢雄偉，走的是純陽剛路線，唯少林派九陽真經可比。

第三，可以把極大的數目化成形容詞使用，比如「千里江陵一日還」、「飛流直下三千尺」、「白髮三千丈」、「輕舟已過萬重山」、「爾來四萬八千歲」等。這種用法只有他敢用，用得也最臻於化境，從來不怕數字大。

十里桃花——史上最頂尖文案

李白的詩歌還有個明顯的特點，就是常常為酒類做廣告代言，著名案例之一是蘭陵酒。他在《客中行》裡寫道：

蘭陵美酒鬱金香，玉碗盛來琥珀光。
但使主人能醉客，不知何處是他鄉。

這裡的「鬱金香」不是指美麗的荷蘭國花，而是指浸在酒中的香草「鬱金」的香味。

詩中雖藏著一抹作客異鄉的哀愁，主調卻是主人的盛情和客人的豪爽。唐詩中若無李白，就不再稱其為唐詩；李白詩中若無飲酒詩，就不再成其為李白。他居然連「一杯一杯復一杯」都能寫得出來，且不顯枯燥。

但傳說李白最後也是死在酒上，有一次他喝多了想去撈水中月，結果自然可想而知。小酌怡情，過則傷身，可見凡事須有節制。當然也有人說，李白如此嗜酒，是因為在仕途上不得志。

曹操在代表作《短歌行》裡寫道：

對酒當歌，人生幾何？
譬如朝露，去日苦多。
慨當以慷，憂思難忘。
何以解憂？唯有杜康。

他以大漢帝國丞相的身分為杜康酒代言，開了風氣之先。而此類商業活動的鼎盛期，則是在唐朝，比如李白代言蘭陵酒，杜牧代言杏花村酒（《清明》），而王翰覺得只代言一個品牌的收入還不夠，遂為整個葡萄酒協會代言（《涼州詞》）。

李白以詩仙兼酒仙的身分，豈能落人之後，乾脆也為整個清酒協會代言。這場名人代言廣告大戰還蔓延到酒具行業，金樽、玉碗、夜光杯紛紛參戰。

大唐經濟繁榮，名人代言的消費牽引效應非常強勁。杜牧賦的兩句「借問酒家何處有？牧童遙指杏花村」，就幫助杏花村酒業的股價連升五個漲停板，賺得盆滿缽滿。而李白一句「金樽清酒斗十千」，更是拉動整個清酒板塊全線上揚，連日本遊資（熱錢）都來入市，甚至買下好幾個清酒品牌回國經營。繼在酒業和酒具業代言成功之後，李白又開始代言酒店業，《金陵酒肆留別》詩云：

風吹柳花滿店香，吳姬壓酒勸客嘗。
金陵子弟來相送，欲行不行各盡觴。
請君試問東流水，別意與之誰短長。

此詩發表之後，金陵各大酒肆門庭若市，須領號排隊等座，年夜飯提前半年預訂，且講明要翻檯（按：指餐廳生意好，限定的招待時間一到，馬上要收拾檯面換下一批客人）。在目睹了李白代言所帶來的經濟奇蹟之後，一些缺乏自然資源的貧困地區，也開始動起腦筋，想借助詩仙來提升名氣。

一日，李白正按其正常生活規律在酒肆間逍遙，突然收到了一封裝幀精美的邀請信，拆開一看：「先生好遊乎？此地有十里桃花。先生好飲乎？此地有萬家酒店……」再看落款，是一個陌生的名字：涇州汪倫。李白的兩大愛好就是旅遊和喝酒，接到這麼有吸引力的信，他自然迫不及待快馬加鞭而去。

一見到汪倫，簡單的寒暄一下，李白便要他趕快領著，去看看所謂的十里桃花和萬家酒店。不料汪倫微笑道：「敝處有桃花潭，方圓十里，可惜未種得桃花。敝處有一家小酒店，店主姓萬，倒並無一萬家酒店。」李白一愣，隨即大笑道：「原來如此，佩服、佩服！」汪倫遂邀李白小住幾天。李白是隨性之人，當然既來之則安之。汪宅群山環抱，曲徑通幽，恍若仙境。每日裡汪倫以美酒佳餚款待，嘉賓滿座相陪，借酒高談闊論，正是李白喜歡的生活節奏。兩人酒逢知己千杯少，只覺相見恨晚。

然而千里搭長棚，沒有不散的筵席，再長的黃金週假期也終究會過完，終於到了李白要回去的這一天。在汪倫家中喝完餞行酒，李白到了桃花潭邊上船。船隻正要離岸時，他忽然聽到一陣歌聲，回頭一看，只見汪倫和許多村民一起正在岸上踏步唱歌為自己送行。古樸的送客方式中，蘊含的深情厚誼使李白十分感動，當即賦出這首流傳千古的送別詩：

李白乘舟將欲行，忽聞岸上踏歌聲。
桃花潭水深千尺，不及汪倫送我情。

李白走後，汪倫立刻組織村民，把詩仙手書的《贈汪倫》印成單張，背面畫上桃花潭自駕遊路線圖及背包客攻略，並以李白的卡通風格頭像作為LOGO，到各大城鎮免費派發。桃花潭隨即名聲大噪，節假日遊人如織。當地村民依靠農家樂旅遊業的發展，從此一舉脫貧。鎮長汪倫每年為李白送去好酒二十罈，作為代言費。

第九章

意境不及《黃鶴樓》，李白三戰崔顥

正所謂各花入各眼，每個人在李白無數的名篇佳作裡各有所愛。假如只能選一首作為代表作來介紹，筆者反復挑選後只能割愛其他，留下這一篇《將進酒》：

君不見黃河之水天上來，奔流到海不復回。
君不見高堂明鏡悲白髮，朝如青絲暮成雪。
人生得意須盡歡，莫使金樽空對月。
天生我材必有用，千金散盡還復來。
烹羊宰牛且為樂，會須一飲三百杯。
岑夫子，丹丘生，將進酒，杯莫停。
與君歌一曲，請君為我傾耳聽。
鐘鼓饌玉不足貴，但願長醉不復醒。
古來聖賢皆寂寞，惟有飲者留其名。
陳王昔時宴平樂，斗酒十千恣歡謔。
主人何為言少錢，徑須沽取對君酌。
五花馬，千金裘，呼兒將出換美酒，
與爾同銷萬古愁。

李白的嗜酒如命、極度誇張、一擲千金、懷才不遇等特色，在這首詩中展露無遺。背得出這首詩，就能了解他人生的一大半。既知得罪權貴仕途無望以後，李白也不願留在帝都繼續虛耗光陰，就在《夢遊天姥吟留別》中高唱道：

世間行樂亦如此，古來萬事東流水。
別君去兮何時還？
且放白鹿青崖間，須行即騎訪名山。
安能摧眉折腰事權貴，使我不得開心顏？

幸得如此，在祖國的名山大川間，才留下了這位知名背包客的無數詩篇。還好當時沒有今天這麼昂貴的過路費和景區門票，不然他的盤纏也就只夠京畿近郊遊。從天門山到敬亭山，從泰山到廬山，李白一路走、一路喝、一路題詩。**他這個做法給後來的詩人，造成很大的壓力**，因為別人到了這些景點，興致一來正打算題個詩，抬頭卻發現李白的作品，已經塗鴉在牆上了，心內盤算一下無法與之抗衡，只好掩面而去。

黃鶴樓之敗

話說這一日，李白來到了長江上的名樓黃鶴樓。喝高之後，他習慣性的要來筆墨，準備上牆塗兩句，抬頭就看見已然有一首七律，龍飛鳳舞的題在那裡：

昔人已乘黃鶴去，此地空餘黃鶴樓。
黃鶴一去不復返，白雲千載空悠悠。
晴川歷歷漢陽樹，芳草萋萋鸚鵡洲。
日暮鄉關何處是？煙波江上使人愁。

落款為汴州崔顥。

李白在牆下踱來踱去幾十個來回，沉默半晌，長嘆一聲：「眼前有景道不得，崔顥題詩在上頭！」把筆一擱，淚奔而出。

崔顥這首《黃鶴樓》確實膾炙人口。抗日戰爭初期，北平的達官貴人們搶運古董狼狽逃離，魯迅先生為此曾經作過一首剝皮詩（按：為一種戲稱，意思是把前人的詩做基礎，顛倒或增刪文字，使原意更好或失去原意，借古諷今）：

闊人已乘文化去，此地空餘文化城。
文化一去不復返，古城千載冷清清。
專車隊隊前面站，晦氣重重大學生。
日薄榆關何處抗？煙花場上沒人驚。

有一首詩謎，謎面是元朝馬致遠的《天淨沙．秋思》：

枯藤老樹昏鴉，小橋流水人家，古道西風瘦馬。
夕陽西下，斷腸人在天涯。

謎底打唐詩一句。標準答案便是這句「日暮鄉關何處是」。若有人答「日暮客愁新」，亦可。

李白是何等人物，在崔顥手下輸了一著，自然心有不甘。從黃鶴樓飄然而去後，便在不遠處的鸚鵡洲上賦出一首《鸚鵡洲》：

鸚鵡來過吳江水，江上洲傳鸚鵡名。
鸚鵡西飛隴山去，芳洲之樹何青青。

煙開蘭葉香風暖，岸夾桃花錦浪生。
遷客此時徒極目，長洲孤月向誰明？

此詩與崔顥的《黃鶴樓》相比孰高孰低，相信大家自然能看得出來。而且此詩框架完全仿照崔顥詩，**與其說是在比拚，毋寧說是在致敬**。而讓李白如此衷心佩服的，實在想不出還有其他人。

當然，那句「生不用封萬戶侯，但願一識韓荊州」的拍馬屁話，不能算數（這是李白寫給荊州刺史韓朝宗的自薦信，《與韓荊州書》的開篇第一句）。我等閒人都能看出高下，白哥自己心中更是有數。他在漢陽有了心理陰影，就跑去金陵，好不容易憋出了這首《登金陵鳳凰臺》：

鳳凰臺上鳳凰遊，鳳去臺空江自流。
吳宮花草埋幽徑，晉代衣冠成古丘。
三山半落青天外，二水中分白鷺洲。
總為浮雲能蔽日，長安不見使人愁。

這首詩在藝術境界上，終於可和《黃鶴樓》並駕齊驅了。但另一方面，《黃鶴樓》的影子依然浮現其中，足證在黃鶴樓上看見崔顥的詩，對李白所造成的心理衝擊有多大。崔顥流傳下來的作品不多，但即使僅此一首，亦可萬古流芳。

兩詩的詩眼都在最後一聯，《黃鶴樓》抒發的是鄉愁，《鳳凰臺》則是對於政治上不得志的抒懷。浮雲蔽日借指奸臣當道，賢良之人不能為長安的朝廷效力。看來李白雖是人在江湖之遠，依舊心憂廟堂。另外有一則詩文謎語，謎面是《登金陵鳳凰臺》，打古文一句，謎底就是范仲淹《岳陽樓記》中的「登斯樓也，則有去國懷鄉，憂讒畏譏，滿目蕭然，感極而悲者矣」。

即使《登金陵鳳凰臺》可以和《黃鶴樓》平起平坐，但若論有關黃鶴樓的七律第一，始終公推崔顥詩。李白是個好勝心很強的人，後來逮住機會又跑到黃鶴樓，借著送別友人的機會寫了一首七絕，終於在有關黃鶴樓的七絕中拔得千載頭籌，這就是《送孟浩然之廣陵》：

故人西辭黃鶴樓，煙花三月下揚州。
孤帆遠影碧空盡，唯見長江天際流。

筆者想來，以李白的性格不幹上這漂亮的一票，大概是不會放手的。但七絕的字數比起七律來少了一半，和崔顥還不能算是完全的平手。所以李白晚年繼續發憤圖強，又寫了一首藝術水準相當的《與史郎中欽聽黃鶴樓上吹笛》：

一為遷客去長沙，西望長安不見家。
黃鶴樓中吹玉笛，江城五月落梅花。

李白因為曾經誤入唐肅宗政治對手永王李璘的陣營，而被流放夜郎，就是那個在漢朝時留下「夜郎自大」成語的地方。唐肅宗覺得李白也是個自大的傢伙，所以流放他到夜郎面壁思過。李白在經過黃鶴樓時，與朋友史欽小聚，想起西漢賈誼因指摘時政，受到讒毀被貶至長沙，不禁穿越歷史長河，與這位漢代才子同病相憐，所以寫下此詩。這下他在黃鶴樓上寫的兩首一流的七絕加起來一共五十六個字，終於在字數上也和崔顥打平了。

後世有人將李白此詩和《黃鶴樓》之句，化用而寫成一副對聯，可稱為神來之筆：

何時黃鶴重來，且自把金樽，看洲渚千年芳草；
今日白雲尚在，問誰吹玉笛，落江城五月梅花。

長干行之戰

李白在虛擬中和崔顥比拚了黃鶴樓一役，總覺得落了下風，此後就把對方當成了假想敵，乾脆去地攤上買了一本《崔顥詩集》，打算繼續戰鬥。他隨手一翻，看見崔顥一首《行路難》：「君不見建章宮中金明枝，萬萬長條拂地垂……」於是絞盡腦汁，也寫出一首《行路難》：

金樽清酒斗十千，玉盤珍羞值萬錢。
停杯投箸不能食，拔劍四顧心茫然。
欲渡黃河冰塞川，將登太行雪滿山。
閒來垂釣碧溪上，忽復乘舟夢日邊。
行路難！行路難！多歧路，今安在？
長風破浪會有時，直掛雲帆濟滄海。

也許有的人不記得崔顥的《行路難》，但李白這首絕對是如雷貫耳。第二局，李白勝。

然後他繼續向後翻，又看見崔顥那首著名的《長干行》組詩，其一是：

君家何處住？妾住在橫塘。
停船暫借問，或恐是同鄉。

長干里是金陵城內的一條小巷，估計住了很多商人，這些人經常坐船外出做生意。一位姑娘看見對面來船上的小夥子精神抖擻，猜他是個年輕的商界精英，心中有了好感，便沒話找話的找人家搭訕。女孩子大膽純樸，清新可愛。

對面的小夥子的對答詞，就是《長干行．其二》：

家臨九江水，來去九江側。
同是長干人，生小不相識。

這意思是：「姑娘好，咱們相逢恨晚，實在可惜！」小夥子知情識趣，故事的下文有了無限可能。關關雎鳩，在河之洲，多金君子，淑女好逑。兩人眉目傳情，或許能終成眷屬。白哥一看，心想：「崔顥寫的本為鄰居，卻惋惜沒能從小開始培養感情，那我就來寫個同題的《長干行》，告訴大家一個完完整整的故事。」

妾髮初覆額，折花門前劇。
郎騎竹馬來，繞床弄青梅。
同居長干里，兩小無嫌猜，
十四為君婦，羞顏未嘗開。

低頭向暗壁，千喚不一回。
十五始展眉，願同塵與灰。
常存抱柱信，豈上望夫臺。
十六君遠行，瞿塘灩澦堆。
五月不可觸，猿聲天上哀。
門前遲行跡，一一生綠苔。
苔深不能掃，落葉秋風早。
八月蝴蝶來，雙飛西園草。
感此傷妾心，坐愁紅顏老。
早晚下三巴，預將書報家。
相迎不道遠，直至長風沙。

「青梅竹馬」、**「兩小無猜」**這兩個可愛的成語因此誕生，李白自己覺得可算為三局兩勝，投筆仰天長笑，終於志得意滿的收手了。

青梅竹馬、兩小無猜

李白的一個夢想是當大官，其實還有另一個毫不相容的夢想，就是當大俠。他在天寶初年作《俠客行》，其中一段是：

十步殺一人，千里不留行。
事了拂衣去，深藏身與名。

該詩主幹是戰國時信陵君竊符救趙，寫得濃墨重彩，可惜不能扯那麼遠。此外，金庸大俠這首詩用來發揮成了同名小說；《笑傲江湖》衡山派掌門莫大先生的風采，就是「事了拂衣去，深藏身與名」，也是受此詩影響。

《俠客行》最後一句「誰能書閣下，白首太玄經」，說的是西漢著名辭賦家揚雄，在書閣之中白首窮經的典故，咱們誰能去幹那麼無聊的事情啊？李白和諸葛亮都不怎麼喜歡揚雄，諸葛亮說揚雄侍奉逆賊王莽，大節有虧。但也有很多人推崇揚雄的學問，如劉禹錫《陋室銘》中「西蜀子雲亭」的子雲，就是揚雄的字。

三聖之師

年輕時的李白確實喜歡挑釁鬥毆打群架，但隨著年紀漸長，總歸慢慢懂些事理了，能夠寫出《戰城南》這樣悲憫的詩歌：

去年戰，桑乾源；今年戰，蔥河道。
洗兵條支海上波，放馬天山雪中草。
萬里長征戰，三軍盡衰老。
匈奴以殺戮為耕作，古來惟見白骨黃沙田。
秦家築城避胡處，漢家還有烽火燃。
烽火燃不息，征戰無已時。
野戰格鬥死，敗馬號鳴向天悲。
烏鳶啄人腸，銜飛上掛枯樹枝。
士卒塗草莽，將軍空爾為。
乃知兵者是凶器，聖人不得已而用之。

這個時候的李白，已經沒那麼喜歡砍人了，更明白了即使武功再強，殺人也是不對的。

公孫大娘是當時公認的武林一流高手，和李白有沒有交集也不清楚。但有一位偉大詩人為她留下了一首詩歌《觀公孫大娘弟子舞劍器行》：

昔有佳人公孫氏，一舞劍器動四方。
觀者如山色沮喪，天地為之久低昂。
霍如羿射九日落，矯如群帝驂龍翔。
來如雷霆收震怒，罷如江海凝清光。
……

這位偉大詩人，就是後來成為與詩仙李白雙峰並峙的詩聖杜甫。杜甫在年少時曾經有幸目睹過公孫大娘舞劍，五十年後一個偶然的機會，又觀看了公孫大娘的弟子李十二娘舞劍，幼年那些印象深刻的記憶片段，不禁浮現在腦海之中，便寫下了這首名作。

如果你以為公孫大娘，是李白和杜甫時代的第一劍術高手的話，那就錯了。當時的第一高手是有「劍聖」之盛名的將軍裴旻。李白號稱曾向裴旻學過劍術，公孫大娘據說也得到過裴旻的指點，這樣看來，李白和公孫大娘有可能是同門師兄妹。

公孫大娘在劍術上雖然沒能排名第一，但論指導學生且教出成績來說，卻是當之無愧的第一。古龍先生說她的徒孫公孫蘭打得陸小鳳一身冷汗，可惜最後卻死在葉孤城手下，這

▲ 公孫大娘——舞劍，造就了三位不同領域的聖人。

個當然是小說的虛構。但公孫大娘確實造就至少三位聖人——詩聖杜甫、畫聖吳道子、草聖張旭。

透過杜甫詩中的描寫可以想像，公孫大娘激昂酣暢的舞姿，對詩聖的作品風格起到了巨大的啟發作用；吳道子曾觀賞公孫大娘舞劍，由此體會到用筆之道，畫中人物的衣袖、飄帶都具有迎風起舞的動勢，成語**「吳帶當風」**就是形容他畫技的神妙境界；張旭談到自己寫草書的經驗時說：「始吾見公主與擔夫爭路，而得筆法之意；後見公孫大娘練劍演武而得其神。」從此茅塞頓開，筆走龍蛇。筆者不知歷史上另外還有誰，能不發一言就成為這麼多神人的老師，還是跨界的。

順帶一提張旭極有個性，常常喝得酩酊大醉後呼叫狂走，然後落筆成書，甚至把頭髮浸入墨汁用來書寫，酒醒後看見昨天用頭寫的字，自己都覺得真是神來之筆、不可復得，世人稱他為「張顛」。

杜甫《飲中八仙歌》對其描寫道「張旭三杯草聖傳，脫帽露頂王公前，揮毫落紙如雲煙」。據說張旭剛擔任常熟尉十多天，有位老人因事前來告狀，他便在狀紙上寫了批示。不料幾天後這位老人，又為了雞毛蒜皮的小事來擊鼓告狀。張旭大怒：「大膽老頭，竟敢屢次用閒事來滋擾公堂！」老人回答：「老朽這次確實不是來告狀的，而是看到大人您批狀紙的字寫得奇妙珍貴，想拿回去收藏起來呀！」張旭瞠目結舌。

蘇東坡曾評價道：「詩至於杜子美（杜甫），文至於韓退之（韓愈），書至於顏魯公（顏真卿），畫至於吳道子，而古今之變，天下能事畢矣！」**顏真卿曾經兩度辭官拜張旭為師，專心學習寫字**，可見張旭在書壇的地位。

顏真卿的堂曾祖父，就是前文提到的寫了《漢書注》，但是被九歲的王勃揪出一大堆錯誤的大儒顏師古；堂兄顏杲卿曾是安祿山的部下，安祿山反叛之後，顏杲卿死守常山不肯投降叛軍，城破力戰被俘後送至洛陽。安祿山斥責他：「從前是我為你奏請升官。我有什麼事負於你，而你竟然背叛我？」顏杲卿瞠目而罵：「我家世代為唐朝大臣，豈能因小小私恩而跟著你反叛？況且天子又有什麼事情負於你，而你竟然反叛呢？」這叫不以私恩而廢公義。安祿山大怒，命人鉤斷了他的舌頭：「看你怎麼罵！」顏杲卿毫不屈服，在含糊不清的罵聲中死去。文天祥《正氣歌》裡的「為顏常山舌」，便是頌揚這位常山太守。

顏杲卿的次子顏季明也在這場戰役中殉國，顏氏家族死難者達三十餘人。顏真卿在收葬顏季明遺骸時寫下《祭侄文》草稿，筆隨心至，一氣呵成，悲憤蒼涼之情盡顯其中，流傳至今，**被書法界稱為「天下第二行書」**。考慮到現存的「天下第一行書」的《蘭亭集序》是摹本，而王羲之真跡已然不存，這份《祭侄文》原稿，其實是現存最寶貴的古代大書法家行書手跡了。

二十八年後，顏真卿出使至叛將李希烈處，面對威脅，守節不屈而死。唐德宗為了哀悼他，停止文武百官上朝八天。顏氏一族，滿門忠烈。

有一次，畫聖吳道子隨唐玄宗到了東都洛陽，遇到草聖張旭和劍聖裴旻，三人各自表演了絕技：裴旻舞劍一曲，張旭作書於壁，吳道子也作畫「俄頃而就，有若神助」。洛陽市民大飽眼福，都高興的說「一日之中，獲睹三絕」。

後來裴旻母親去世，想請吳道子在天宮寺作畫為母祈求冥福，吳道子回答：「我很久沒畫了。如果將軍有意為我舞劍一曲，也許能激發出我的靈感。」裴旻遂脫去喪服，一身短打，健步如飛，將寶劍舞成一團光影，好似《笑傲江湖》中的沖虛道長。舞到興頭上，他忽地將劍拋向高空，距地面有數十丈，如電光雷火般直射下來。裴旻舉起劍鞘，只聽鏘一聲，寶劍不偏不倚正好插入鞘內。觀者千人，彩聲如雷。吳道子靈感大發，起身揮毫作畫，「颯然風起，為天下之壯觀」，畫出了他一生的傑作，得意無出於此。

裴旻不但是劍聖、武術家，還是疆場殺敵的將軍。他北伐奚人時被敵人重重包圍，亂箭齊發一般這種情況下，再猛的人也掛了。因為猛將不怕千軍，只怕寸鐵，強弓硬弩雨點般一陣亂射，任你多麼勇悍也得變成個大刺蝟，《隋唐演義》中的羅成、南宋抗金名將楊再興，也都是這樣掛掉的。但裴旻立於馬上，將寶劍舞成一團光影，飛矢四集卻迎刃而斷。奚人大驚，解圍而去。王維以此作《贈裴將軍》詩曰：

腰間寶劍七星文，臂上雕弓百戰勛。
見說雲中擒黠虜，始知天上有將軍。

仙聖之交

唐朝開元、天寶年間，民眾生活普遍較為富庶，從杜甫的《憶昔》一詩中可見：

憶昔開元全盛日，小邑猶藏萬家室。
稻米流脂粟米白，公私倉廩俱豐實。
九州道路無豺虎，遠行不勞吉日出。

國家的強盛、政局的穩定、經濟的繁榮，能激勵文人們遊歷大好河山。李白、杜甫和著名邊塞詩人高適曾組團自助遊，並且結下了深厚的友誼。高適和李白的年紀差不多。杜甫比李白小十一歲，而且李白天縱英才、譽滿宇內，杜甫對他自然很傾慕，曾寫下一堆讚美和懷念他的詩歌，除了前文多次引用的《飲中八仙歌》和大家耳熟能詳的「筆落驚風雨，詩成泣鬼神（按：出自《寄李太白二十韻》，該詩是李白被放逐後，杜甫思念李白時所做）」，還有充滿了景仰之情的《春日憶李白》：

白也詩無敵，飄然思不群。
清新庾開府，俊逸鮑參軍。

渭北春天樹，江東日暮雲。
何時一樽酒，重與細論文？

還有充滿了懷念之情的《不見》：

不見李生久，佯狂真可哀。
世人皆欲殺，吾意獨憐才。
敏捷詩千首，飄零酒一杯。
匡山讀書處，頭白好歸來。

以及最精簡卻完整的刻畫了詩仙好飲酒、不得志、豪放不羈、目空一切等特點的《贈李白》：

秋來相顧尚飄蓬，未就丹砂愧葛洪。
痛飲狂歌空度日，飛揚跋扈為誰雄？

作為先出道也先出名的大哥，李白僅回贈了幾首。一首是《沙丘城下寄杜甫》：

我來竟何事，高臥沙丘城。
城邊有古樹，日夕連秋聲。
魯酒不可醉，齊歌空復情。
思君若汶水，浩蕩寄南征。

另一首是《魯郡東石門送杜二甫》：

醉別復幾日，登臨遍池臺。
何時石門路，重有金樽開。
秋波落泗水，海色明徂徠。
飛蓬各自遠，且盡手中杯。

《全唐詩》還收錄一首流傳很廣的李白寫的《戲贈杜甫》：

飯顆山頭逢杜甫，頂戴笠子日卓午。
借問別來太瘦生，總為從前作詩苦。

此詩頗有友人間互相打趣之情，但其最初來源只是晚唐五代的筆記小說，而「笠子」、「日卓午」、「瘦生」這樣口語化的用詞，從不見於盛唐詩歌，因此許多人認為這是後人編撰的段子而已。

第十章

詩聖這樣養成的

相對來說，李白寫給杜甫的詩歌，流傳下來的要少得多，所以有些人認為杜甫當時可能就是個魯蛇，在李白等大詩人面前比較自卑，這完全是一個誤解。

家世源流

首先，我們來看看杜甫的家世。杜甫可被查考的知名祖先，是晉初的征南大將軍杜預。史書上說此人不會騎馬，射箭的水準也很差勁，但是戰略眼光冠於當世，人們讚揚他是用計謀打仗，能夠以一當萬。

晉朝鎮守軍事重鎮荊州的名將羊祜，臨終前向晉武帝司馬炎推薦杜預接替自己，說他將來一定可以滅吳平天下。東吳大將陸抗（按：夷陵之戰火燒連營大敗劉備的陸遜之子，而他兒子是西晉著名文學家陸機和陸雲）死後，杜預說服司馬炎發起了滅吳的統一戰爭，並成為重要的統帥。

在初期取得階段性勝利以後，晉朝內部又出現見好就收的言論氛圍，杜預卻力排眾議：「現在我軍接連取勝，士氣大振，正需要一鼓作氣。打仗好比劈竹子，只要劈開前面最困難的幾節，之後就迎刃而解了。」這就是成語**「勢如破竹」**的典故。形勢的發展果然如杜預所預料的，晉軍順利滅亡了東吳。天下大勢，分久必合，最終三國歸晉。

杜甫的爺爺杜審言，與李嶠、崔融、蘇味道合稱「文章四友」，號稱「崔李蘇杜」，很早就被武則天所賞識。李嶠寫的《風》，被選為中國小學語文課本教材：「解落三秋葉，能開二月花。過江千尺浪，入竹萬竿斜。」崔融曾去應考科舉，八個科目都及第，是毋庸置疑的超級學霸。蘇味道寫過一首《正月十五夜》，其中有「火樹銀花合，星橋鐵鎖開」之句，即是成語**「火樹銀花」**的出處。唐中宗復位之後，蘇味道因為曾經迎合武則天的男寵張易之兄弟，而被貶官到四川眉州，在那裡留下後裔，其中聲名顯赫的便是蘇東坡，大概和李白算是中國歷史上最天才的兩位詩詞家了。

在筆者看來，如果李白說自己寫詩第二，就沒有人敢稱第一；同理，如果蘇東坡說自己寫詞第二，也沒有人敢稱第一，而且蘇東坡的詩也稱得上是一流的。**中國最偉大的詩人和詞人都誕生在天府之國**，四川在出才子這一項上說自己第二，就沒有其他省分敢稱第一。

杜審言的同事郭若訥，蠱惑杜審言的長官周季童，冤枉杜審言下獄，定了死罪。杜審言十六歲的兒子杜並為父報仇，潛入周府，將周季童刺成重傷，自己也被侍衛當場殺死。周季童臨死前感嘆：「沒想到杜審言有這樣的孝子，郭若訥誤我！」此事震驚全國，杜審言因此獲重審而得救。和張說並稱「燕許大手筆」的許國公蘇頲，親自為杜並寫了墓誌銘，杜並也成為全國性孝子模範。

對於自己祖先杜預的功名、爺爺杜審言的詩名、叔叔杜並的孝名，杜甫都是非常自豪的，在詩中屢次提及。這樣高知名度的家世，李白、高適等人哪個能有？筆者猜測杜甫在與他們交遊時，根本沒什麼可自卑的，倒是李白一見到他，很可能是備感榮幸的說：「原來你就是杜征南的後人、杜審言的孫子、杜孝子的侄兒杜子美啊，幸會、幸會！」

性格交遊

其次，讓我們來看看杜甫的交遊圈。杜甫家學淵源，從小就讀書、寫詩、練字，並且進入高大上的朋友圈，十三、十四歲時，交遊就很廣闊了。在他的《奉贈韋左丞丈二十二韻》一詩裡，就說自己是「李邕求識面，王翰願卜鄰」。李邕是有名的書法家，而王翰最著名的作品是《涼州詞》：

葡萄美酒夜光杯，欲飲琵琶馬上催。
醉臥沙場君莫笑，古來征戰幾人回？

當時的名士祖詠、杜華，都很喜歡和王翰交遊。杜華的母親崔氏，更是將王翰設定為兒子的偶像：「吾聞孟母三遷。吾今欲卜居，使汝與王翰為鄰，足矣。」就和現在的母親要自家孩子，和學校裡的好學生坐同桌、成為好朋友是一樣的心態。杜華之母求之不得做王翰的鄰居，而杜甫說王翰求之不得做自己的鄰居。

再透過杜甫的《江南逢李龜年》，我們來看看這哥們兒混的是什麼圈子：「岐王宅裡尋常見，崔九堂前幾度聞。」岐王李隆范，是天子李隆基的親弟弟，很喜歡音樂，曾經把擁有超凡音樂才能的王維，推薦給了玉真公主（這個故事見第一九〇頁）。崔九則是一天到晚陪著皇上、深受寵信的殿中監崔滌，他哥哥就是那位被張說羨慕的宰相崔湜。一個經常在親王府邸、名門望族家裡做常客的人，會是魯蛇嗎？

接著介紹杜甫的性格。杜甫的詩很喜歡讚賞別人，這是一種美德，但不能由此以為他自卑。欣賞別人和自信能完全相容，認為不能相容的人，是因為至少缺乏其中一種。此外，杜甫應該沒什麼自卑的基因，因為他爺爺是個大狂人。

杜審言為和自己一同躋身「文章四友」之列的蘇味道寫評註，寫完以後對旁人說：「蘇味道必死。」人家驚問為何，他回答：「蘇味道看了我的評註，肯定會羞愧至死。」他認為屈原和宋玉只配當自己的助手，還說「吾筆當得王羲之北面」，意思是自己的書法超過王羲之，令人很無語。最誇張的是他病重將死之時，宋之問等朋友來探望，杜審言嘆：「我活著就一直壓你們一頭，你們真是命苦啊！現在我快要死了，你們終於有出頭之日。」不知道宋之問等人聽了做何感想。

所以，杜甫從爺爺那裡遺傳下來的，不應是自卑，而應是自傲的基因。他曾在詩裡說「吾祖詩冠古」、「詩是吾家事」，可以想見其中有多少底氣在側漏！還是在那首《奉贈韋左丞丈二十二韻》裡，他自稱「**讀書破萬卷，下筆如有神。賦料揚雄敵，詩看子建親**」，這裡面沒有自卑，只有自信和自豪，對自己的評價恰如其分。人不可有傲氣，但不可無傲骨。杜甫的傲骨，就藏在這首《望嶽》的尾聯裡：

岱宗夫如何？齊魯青未了。
造化鍾神秀，陰陽割昏曉。
蕩胸生層雲，決眥入歸鳥。
會當凌絕頂，一覽眾山小。

杜甫和李白的區別，一直是大家感興趣的話題。其實他們的差異很簡單，就是來自兩個不同星球的人。當看到杜甫寫出「讀書破萬卷，下筆如有神」時，媽媽會說：「孩子，你看鄰居家杜哥哥是怎麼認真學習的，好好學著點兒！」而當看到李白寫出「明月出天山，蒼茫雲海間，長風幾萬里，吹度玉門關」，媽媽只能講一句：「**孩子，快出來看神仙！**」

杜甫是詩聖，聖，即是人中之聖賢；李白是詩仙，仙，那就超越了人的範疇。李白是一個可遇而不可求的奇蹟，是上天送給盛唐的禮物，他的成功無法複製，也無法被學習。而杜甫是可以被學習的，所以在後代詩人中的影響力更大。

據說，有一次張籍的朋友去拜訪張籍，看見他從一個罐子裡，挖一勺黑黃乎乎、黏黏稠稠的東西，送到嘴裡吃得津津有味，就好奇的問是什麼東西。張籍左顧右盼，見沒有外人，就讓他附耳過去：「我去年燒了一部杜詩，把紙灰拌上蜂蜜以後，儲存在罐子裡面。每日兩次，每次一勺，堅持服用以來，寫詩功力大為長進！」靠著這種吃什麼補什麼的中國傳統偽科學，張籍寫出了「洛陽城裡見秋風，欲作家書意萬重」、「還君明珠雙淚垂，恨不相逢未嫁時」的千古名句。

絕妙好辭，輸你三十里……

既然前文提到羊祜，我們就先多聊幾句。羊祜，字叔子，曾有市民在襄陽城外為他立了墮淚碑，對此熟悉《神雕俠侶》的讀者應該不陌生。羊祜的姐姐羊徽瑜是司馬師的妻子，也就是司馬懿的兒媳婦，司馬昭的嫂子是晉朝開國皇帝司馬炎的嬸嬸。

羊祜的外公是漢末才子蔡邕，當年他在曹娥碑的背面題了「黃絹幼婦外孫齏臼（按：音同積就）」八個字，無人能知其意。多年後，曹操與楊修騎馬同行，路過曹娥碑時看見這八個字。曹操知道楊修絕頂聰明，但自負與他也在伯仲之間，便問楊修：「你想通這八個字的意思了嗎？」楊修剛要回答，曹操趕緊又說：「你先別講出來，容我想想。」兩人並馬走了二十里後，曹操面有得色：「我已明白了。你現在可以說了，看看我們是否英雄所見略同。」楊修回答：「『黃絹，色絲也，並而為『絕』字；幼婦，少女也，並而為『妙』字；外孫，女兒之子也，並而為『好』字；齏臼，是受辛的器皿（按：古時候用來盛裝和研磨調味料的器具，而這些調料主要是辛辣味的），並而為『辭』字。這乃是讚美曹娥碑文絕妙好辭。」

曹操聽後不禁點頭驚嘆：「正是如此！你的才思比我要敏捷三十里啊（我才不及卿，乃覺三十里）。」蔡邕創造了這個中國最早的字謎，而楊修片刻之間就解開了，確是高才。

蔡邕的女兒蔡文姬在丈夫死後，被匈奴擄去，嫁給左賢王，作品有《悲憤詩》和《胡笳十八拍》。後來曹操想起蔡邕流落匈奴的女兒，愛惜他們父女的才華，便派人用重金將蔡文姬贖回，並安排嫁給董祀，這就叫「文姬歸漢」。從強漢到盛唐，中原只有以女子遠嫁匈奴和親的記錄，**能從塞外荒漠救回弱女子的唯有曹操一位**，憑此一點，就可見他的英雄氣概。

多年後，左賢王的幼子劉淵滅掉了司馬炎開創的西晉，建立了五胡十六國亂世中的第一個政權——前漢。歷史是不是既紛亂又精彩？

顛沛流離

天寶十四年（西元七五五年），安祿山起兵叛唐。唐朝承平日久，地方軍隊不習戰事，戰鬥力低下，叛軍很快便攻陷長安門戶潼關，唐玄宗不得不匆忙逃往四川。逃亡途中，太子李亨在寧夏靈武即位，就是唐肅宗。杜甫聞訊立刻投奔肅宗朝廷，結果被叛軍俘獲後解送至長安。但他的官職實在卑微，安祿山的監獄囚禁唐朝重臣都不夠用了，根本懶得關這個芝麻小官，於是很乾脆的放了他。這簡直是一種侮辱，杜甫只好滯留在淪陷中的長安，目睹著帝都一片蕭條零落的景象，寫下了名作《春望》，其中頷聯是詠物擬人的教科書範例詩句，而頸聯更是絕唱：

國破山河在，城春草木深。
感時花濺淚，恨別鳥驚心。
烽火連三月，家書抵萬金。
白頭搔更短，渾欲不勝簪。

杜甫的很多詩歌都打上了安史之亂的深深烙印。《石壕吏》、《潼關吏》、《新安吏》、《新婚別》、《垂老別》、《無家別》，被稱為「三吏三別」，其中最負盛名的《石壕吏》全詩如下：

暮投石壕村，有吏夜捉人。
老翁逾牆走，老婦出門看。
吏呼一何怒，婦啼一何苦！
聽婦前致詞：三男鄴城戍。
一男附書至，二男新戰死。
存者且偷生，死者長已矣！

室中更無人，惟有乳下孫。
有孫母未去，出入無完裙。
老嫗力雖衰，請從吏夜歸，
急應河陽役，猶得備晨炊。
夜久語聲絕，如聞泣幽咽。
天明登前途，獨與老翁別。

這組詩記錄了大唐王朝，從興盛到衰落的重要轉折時期，**所以被稱為「詩史」**。杜甫詳細的描寫平民百姓，在安史之亂中的辛酸和苦難，並對其寄予了深切的同情。他本人也在這場戰亂中過著顛沛流離的生活，與兄弟之間音書斷絕，在他的《月夜憶舍弟》中可見：

戍鼓斷人行，邊秋一雁聲。
露從今夜白，月是故鄉明。
有弟皆分散，無家問死生。
寄書長不達，況乃未休兵。

杜甫的一個孩子也在戰亂中活活餓死。正因為這樣的人生際遇，他的詩歌形成了沉鬱

▲ 杜甫在安史之亂中，目睹了百姓的辛酸和苦難，而他的詩風也在此時變得沉鬱。

的風格，確實與李白像是來自兩個世界。在很多人公認的「七律之冠」《登高》裡，杜詩的風格發揮到了極致：

風急天高猿嘯哀，渚清沙白鳥飛回。
無邊落木蕭蕭下，不盡長江滾滾來。
萬里悲秋常作客，百年多病獨登臺。
艱難苦恨繁霜鬢，潦倒新停濁酒杯。

大多數詩的最佳一句在收尾，但本詩的第一句就直接來到了最頂峰。**如果你只能記住一首杜詩，那麼就請記住這首吧。**

居有定所

杜甫為全家人的生活所迫，不得不到處投靠在仕途上混得比較好的朋友。因為他的好朋友高適、嚴武都曾在四川成都一帶做官，所以有幾年在這裡生活。嚴武任成都尹時，在市郊找綠水環繞的僻靜地方，幫杜甫蓋一座可以遮風擋雨的茅屋，就是今天的著名景點——杜甫草堂。茅屋落成之際，當地崔縣令成為登門造訪的第一位客人，杜甫十分高興，拿出家中僅有的菜肴和陳酒熱情招待，還叫來隔壁老頭一起作陪，並即席賦出《客至》一詩：

舍南舍北皆春水，但見群鷗日日來。
花徑不曾緣客掃，蓬門今始為君開。
盤飧市遠無兼味，樽酒家貧只舊醅。
肯與鄰翁相對飲，隔籬呼取盡餘杯。

從這時候起，杜甫終於過了幾年居有定所的日子，並暫時在嚴武的資助下，解決基本的溫飽問題，他在《江村》一詩中對此表達了感激之情：

清江一曲抱村流，長夏江村事事幽。
自去自來梁上燕，相親相近水中鷗。
老妻畫紙為棋局，稚子敲針作釣鉤。
但有故人供祿米，微軀此外更何求？

在亂世中，難得的衣食無憂，還讓老杜心情大好的寫出了《絕句》，他對生活的要求確實不高：

兩個黃鸝鳴翠柳，一行白鷺上青天。
窗含西嶺千秋雪，門泊東吳萬里船。

和我們今天一樣，杜甫在飽暖之後開始注重旅遊，但畢竟經濟拮据，只能進行市內遊，於是他不厭其煩的逛成都的另一個著名景點——武侯祠。好在那時候武侯祠不收費，否則他也逛不起。在經過了幾次沒有任何花銷的旅遊之後，杜甫寫出了著名的《蜀相》：

丞相祠堂何處尋，錦官城外柏森森。
映階碧草自春色，隔葉黃鸝空好音。
三顧頻煩天下計，兩朝開濟老臣心。
出師未捷身先死，長使英雄淚滿襟。

諸葛亮志於亂世之中匡復漢室，其《出師表》中寫道「鞠躬盡瘁，死而後已」，六出祁山北伐中原而壯志未酬，後人多為之扼腕嘆息。《正氣歌》有言「或為出師表，鬼神泣壯烈」，杜甫非常推崇孔明，他的《詠懷古跡．其五》也是佳作：

諸葛大名垂宇宙，宗臣遺像肅清高。

三分割據紆籌策，萬古雲霄一羽毛。
伯仲之間見伊呂，指揮若定失蕭曹。
運移漢祚終難復，志決身殲軍務勞。

應變將略確實並非諸葛亮所長，但他以攻心之計平定南方蠻族的叛亂，在四川依法治國，因此蜀中人民對他十分推崇。孔明死後葬在定軍山，據說蜀國群臣希望把他歸葬成都，後主劉禪不准，可能他從內心並不喜歡這位獨攬大權幾十年的相父（按：古代中國皇帝對續任先朝宰相的尊稱）。

蜀漢滅亡後，川人在成都的劉備廟內，為諸葛亮建立了陪祀的祠堂，這在杜甫的《詠懷古跡．其四》尾聯有所反映：「武侯祠堂常鄰近，一體君臣祭祀同。」有意思的是，後世去拜祭諸葛亮的人，遠遠超過拜祭劉備的人。現在大多數人只知道那片建築叫作**武侯祠**，已經沒幾人知道，其實那裡**真正的名稱是「漢昭烈皇帝廟」**了。

杜甫這組《詠懷古跡》中的其三，便是詠四大美女第二名王昭君的名篇：

群山萬壑赴荊門，生長明妃尚有村。
一去紫台連朔漠，獨留青塚向黃昏。
畫圖省識春風面，環佩空歸夜月魂。

千載琵琶作胡語，分明怨恨曲中論。

「青塚」即王昭君墓，位於今天的內蒙古呼和浩特。因「邊地多白草，昭君塚獨青」，故稱為「青塚」。王昭君生前用手中琵琶抒發心中哀怨，身後用塚上青草寄託無限鄉愁。

比杜甫小三十多歲的中唐著名詩人戎昱，是他的忘年之交。他的詩憂慮國事、同情人民，與詩聖的詩同為深刻的現實主義作品。戎昱也同情王昭君，反對用弱女子作為求得和平的工具。在後世論及王昭君以及漢朝的和親政策得失時，**戎昱《詠史》**一詩，被人引用的頻率之高甚至超過杜甫。

唐憲宗時，北部遊牧民族屢屢侵擾邊境，抱持綏靖主義（按：又稱為姑息主義，是一種透過在某些可能導致戰爭的事務上，作出讓步來避免戰爭的外交政策）的大臣們奏議道：「自古以來，中原王朝對付北方夷狄的常用手段就是和親，這樣就不必因準備開戰而日費千金，好處多。」唐憲宗是「元和中興」之主，性格並不是那麼軟弱可欺。他也不直接評論大臣們的建議，而是把話題一轉：「朕前一陣子聽人說，有位才子寫詩極好，但姓氏很偏僻，那是何人？」宰相問：「莫非是包子虛？」憲宗搖頭。宰相又猜：「難道是冷朝陽？」憲宗還是搖頭：「也不是。我記得他有一首詩，你們聽聽。」遂唸出這首詩：

山上青松陌上塵，雲泥豈合得相親？
世路盡嫌良馬瘦，唯君不棄臥龍貧。
千金未必能移姓，一諾從來許殺身。
莫道書生無感激，寸心還是報恩人。

旁邊侍臣回答：「這首**《致京兆尹李鑾》**是德宗朝的戎昱所寫。此人年輕時文采過人、器宇不凡，為京兆尹李鑾所賞識，想將女兒下嫁給他。不過「戎」與少數民族西戎同字，李大人心中不甚喜歡，希望戎昱改一下姓氏，婚事便可定下來。戎昱寫下此詩，既對李大人深致謝意，又表明了不願易姓。其中『千金未必能移姓，一諾從來許殺身』之句在當年可是流傳一時的名句啊！」唐憲宗哈哈大笑：「不卑不亢，有志氣！朕還記得此人有《詠史》一篇，可有人記得？」便有知情識趣的大臣，趕忙唸出這首詩：

漢家青史上，計拙是和親。
社稷依明主，安危託婦人。
豈能將玉貌，便擬靜胡塵。
地下千年骨，誰為輔佐臣？

唐憲宗笑道：「春秋時魏絳和戎之功，何其懦弱啊！戎昱若還在世，朕便給他朗州（今湖南常德）刺史做。武陵桃源才配得上他這樣的興詠才華。」聽了唐憲宗的評論，時人都認為是士林詩人的榮耀。大臣們聽懂了唐憲宗繞了這麼大彎子，所要表達的意思，善體聖意，就人人主戰，再也沒人提和親之論了。

詩中之聖

好景不長，杜甫在成都的日子過得並不順遂，甚至再次陷入了窘迫的境地，因為他的靠山嚴武年紀輕輕就病死了。

八月秋高風怒號，卷我屋上三重茅。

……

布衾多年冷似鐵，驕兒惡臥踏裡裂。
床頭屋漏無乾處，雨腳如麻未斷絕。
自經喪亂少睡眠，長夜沾濕何由徹？

詩窮而後工，讀之令人鼻酸。如果詩到此處就戛然而止於自傷自憐的話，杜甫僅僅是一位偉大的詩人而已，但就在這樣的苦境中，他能想得到：

安得廣廈千萬間，大庇天下寒士俱歡顏，風雨不動安如山？嗚呼！何時眼前突兀見此屋，吾廬獨破受凍死亦足！

正是這種推己及人、胸懷天下的境界，使得杜工部（按：杜甫曾任檢校工部員外郎一職，因此後世稱其為杜工部）拔地而起、超越眾人，最終被封為「詩聖」。然而，這首人人都能看出杜甫當時境遇的詩歌，在特殊的歷史時期，卻被摩登文人郭沫若先生解讀成了「杜甫是大地主」的證據。因為一般百姓屋上只有一重茅，而杜甫的屋上居然敢有三重茅，肯定是大地主！

在那個理性與良知被狂熱吞噬的年代，大地主不是今天被人豔羨的土豪，而是應該被打倒再狠狠拳腳亂捶的破鼓。有此奇葩言論不足為奇，上有所好，下必甚焉。但筆者不敢苟同！即使無法成為為真理辯護的勇士，至少選擇沉默，而不是積極的為罪惡推波助瀾。

杜甫居蜀期間，梓州刺史段子璋發動叛亂，自稱梁王。成都大將花敬定攻克綿州，斬殺段子璋，自以為功勞蓋世，居然僭用天子禮樂。杜甫因此寫了一首《贈花卿》進行委婉的諷刺：

錦城絲管日紛紛，半入江風半入雲。
此曲只應天上有，人間能得幾回聞？

「只應天上有」，就是按禮制僅皇家才能使用的禮樂。詩評家們都讚揚此詩婉轉含蓄，是詩中上品，但花敬定這種粗人哪裡聽得懂？不聽詩聖的規勸，自然不會有好結果。段子璋的殘部潰逃，花敬定率兵一路追剿，因為驕狂大意，反被叛軍斬殺。

「此曲只應天上有，人間能得幾回聞」兩句流傳到今天，反而從原來的譏刺貶義變成了對第一流音樂的褒義形容了。

唐代宗年間，史思明的兒子史朝義自縊身亡，其部將李懷仙斬其首歸獻朝廷，持續了八年之久的安史之亂終於結束。杜甫在四川聽到這個消息，大喜過望，不由手之舞之，足之蹈之，一氣呵成了《聞官軍收河南河北》：

劍外忽傳收薊北，初聞涕淚滿衣裳。
卻看妻子愁何在，漫卷詩書喜欲狂。
白日放歌須縱酒，青春作伴好還鄉。
即從巴峽穿巫峽，便下襄陽向洛陽。

杜詩的十之七八都是寫愁，而此詩歡樂奔放、酣暢淋漓，被稱為杜甫「生平第一快詩」。雖然杜甫急於返回北方故鄉，但是他生活窘迫、路費無著，又過了好幾年才勉強動身。路過岳陽時，年老體衰的杜甫登上張說修建的岳陽樓，憑欄遠眺煙波浩渺的洞庭湖，想到安史之亂雖然已平定，但國家元氣大傷，吐蕃又來侵擾長安，北方烽火連綿，蒼生依然多災多難，不免感慨萬千，寫下了人稱**「盛唐五律第一」**的《登岳陽樓》：

昔聞洞庭水，今上岳陽樓。
吳楚東南坼，乾坤日夜浮。
親朋無一字，老病有孤舟。
戎馬關山北，憑軒涕泗流。

杜甫回鄉走的水路，因為囊中羞澀，連上岸住宿的錢都沒有，只好吃住都在船上。但一路漂泊的杜甫，最終也沒能夠再次踏上家鄉的土地。他在長期飢餓之後，正好遇上朋友送了一頓難得的牛肉白酒，很可能是因為暴飲暴食而脹死的，也可能是因為牛肉腐敗變質卻捨不得丟棄，繼續食用而中毒身亡。總之，一代文豪就這樣隕落了。這種遭遇常讓人感嘆「寧為太平犬，勿為亂世人」。

第十一章

王維李龜年，當代第一詞曲創作組合

讓我們再把目光拉回安史之亂前的開元盛世。初春的某天，賓客盈門的岐王府比平日更加熱鬧，因為岐王新得到了一幅精美的宮廷奏樂圖，喜不自勝，立刻請了許多名流朋友來品鑑。就在這次盛會中，又有一位大天才橫空出世了。

看畫辨曲

畫聖吳道子一邊欣賞岐王展示的這幅宮廷奏樂圖，一邊不停的讚嘆稱奇：「畫得真是太傳神了！你們看這人物的衣帶，飄得就像有生命一樣。」宮廷第一樂師李龜年的注意焦點，自然在他的專業上：「他們正在演奏的是哪首曲子呢？可惜題名之處殘破了，唉！」他這麼一問，在座精於音律的大師們紛紛揣摩起來：「好像是《秦王破陣樂》。」「我看倒像是《南詔奉聖樂》。」座上的李白搖頭：「如果要猜他們在唸什麼詩，在下還可以試試。但要猜他們在奏什麼曲子，在下就無計可施了。」

眾說紛紜之際，只聽人群中有人緩聲道：「《霓裳羽衣曲》，第三疊，第一拍。」聲音雖然不大，卻仿佛蓋住了所有的嘈雜。大家驚奇的回頭一看，原來是今天新來拜會岐王的年輕人王維王摩詰，他是和李白同一年出生的青年才俊。李龜年略思索後一拍大腿：「果不其然！」岐王將信將疑，當即命家中樂隊演奏《霓裳羽衣曲》。當奏到第三疊第一拍時，岐王大喊一聲「停」，各樂師立刻保持姿勢不動。一眾賓客細細對照，只見每個人的神情動作果然與畫中分毫不差。這下滿座譁然，再看王維，皆驚為天人。

王維聽辨出的《霓裳羽衣曲》是當年最流行的神曲，而且生命力極強，跨越千年流傳，遠非今日的〈江南 style〉、〈小蘋果〉等可比。據說它是唐玄宗望到仙山後親自編寫的，劉禹錫有詩描述了它的來歷：

開元天子萬事足，唯惜當時光景促。
三鄉陌上望仙山，歸作霓裳羽衣曲。

白居易很喜歡這首神曲，他有很多首詩都提到此曲，其中最有名的一句是《長恨歌》中的「漁陽鼙鼓動地來，驚破霓裳羽衣曲」。到了明朝，大俠卓一航對此曲也念念不忘，把自己的心上人、綽號玉羅剎的女魔頭叫作「練霓裳」。當今名花旦李玉剛先生也還在唱這首曲子，不過曲調可能已經與唐代的大不一樣了。

曲有誤周郎顧

我們可以把王維的音樂本領和「曲有誤，周郎顧」的典故，拿來比高低。王維連音樂都不用聽，僅憑看畫中人物的表情、眼神、手勢就知道是哪首曲子的哪一拍，可謂神乎其技，

▲ 看圖猜歌得勝者是王維，連詩仙李白、畫聖吳道子跟第一樂師李龜年都比不過。

評得上五顆星。大帥哥周瑜即使已經酒過三巡、醉意朦朧，只要一聽到琴聲中的細小錯誤，就會反射的向琴師抬頭一望，彈琴的小姑娘肯定被看得心臟怦怦跳，這種音樂造詣也可以打到四顆星，而且很容易出故事。

醉打金枝的駙馬郭曖與妻子昇平公主和好以後，官運亨通，經常在家裡大宴賓客。郭家有個婢女名叫鏡兒，容貌美麗，還彈得一手好箏，賓客中「大曆十才子（按：大曆是唐代宗的年號）」之一的李端很傾慕她，不停的暗送秋波。鏡兒姑娘對風流儒雅的李端也頗有好感，還以眉目傳情。昇平公主瞧在眼裡，便對李端說：「看來先生很喜歡鏡兒。這樣吧，若先生能以『彈箏』為題，即席賦詩一首，使得在座客人們開心，我就把鏡兒送給您。」李端聞言大喜，當即站起身來，手握酒杯吟道：

鳴箏金粟柱，素手玉房前。
欲得周郎顧，時時誤拂弦。

這首《聽箏》將「曲有誤，周郎顧」的典故用得生動含情，贏得滿座賓客齊聲喝彩。昇平公主大喜，當即將鏡兒送與李端，還把宴席上的金銀器皿一股腦兒打包做了陪嫁，既展現了自己有錢就是任性，又成就了一段佳話，還消除了潛在的情敵，絕對是一石三鳥。李端這首抱得美人歸的詩，也入選了《唐詩三百首》。

很多人對周瑜的印象都是風流倜儻的儒將，可惜氣量稍小，這是受到了羅貫中《三國演義》的毒害。正史中的周瑜性情開朗、氣度寬宏、待人友善，只有老將程普仗著自己在孫堅時代就參加了革命，倚老賣老，不服氣周瑜後來居上的統帥地位，一直與其不睦，甚至多次欺凌周瑜。

在赤壁之戰中，周瑜和程普分任吳軍左右都督，但大局的謀劃和戰爭的首功，肯定都應歸於周瑜，事後程普卻逢人便誇耀自己、貶低周瑜。周瑜不僅不與程普爭功，反而謙遜的說自己年輕不夠沉穩，如果沒有老將程公的「扶上馬送一程」，是不可能取得勝利的。他多次主動上門拜訪程普以表達自己的尊重，終於令程普從感動到敬重，最後嘆服的對別人說：「與周公瑾交，若飲醇醪，不覺自醉。」意即和周瑜交往就像喝好酒一樣，不知不覺之間就被他的風度所陶醉。周瑜就是這樣一位在舉賢薦能上不輸鮑叔牙，在折節為國上不輸藺相如的謙謙君子。

但後世開始了「三國之中到底哪家才算正統」的意識形態之爭，東吳政權一直都是打醬油的，沒有得到應有的評價。朱熹尊蜀漢為正統的觀念取得了統治地位以後，劉備、諸葛亮集團就成了唯一的正面角色，與之作對的曹操、司馬懿集團被醜化不說，連友軍孫權、周瑜也被貶低，以陪襯主角諸葛亮的神機妙算。這種情況在宋朝以前是不可想像的，證據就是蘇軾的《念奴嬌．赤壁懷古》：

大江東去，浪淘盡，千古風流人物。
故壘西邊，人道是、三國周郎赤壁。
亂石崩雲，驚濤拍岸，捲起千堆雪。
江山如畫，一時多少豪傑。
遙想公瑾當年，小喬初嫁了，雄姿英發。
羽扇綸巾，談笑間、檣櫓灰飛煙滅。
故國神遊，多情應笑我，早生華髮，
人生如夢，一尊還酹江月。

這首詞明顯是說「周郎赤壁」，而不是「孔明赤壁」。周公瑾娶了國色天香的小喬，雄姿英發，談笑間就讓敵人檣櫓灰飛煙滅。羅貫中不能把周瑜的老婆小喬轉給諸葛亮，只好把周瑜穿戴的「羽扇綸巾」，轉給他了。

相煎太急，七步成詩

《霓裳羽衣曲》是楊貴妃最得意的舞蹈，專門在盛大的節日裡帶領表演，眾宮女一起隨之起舞，飄飄若仙。不過據說有一次貴妃跳得正得意時，被唐玄宗的另一位寵妃梅妃，有意無意的踩了一下裙角，當眾摔了一跤，引為平生最丟臉之事。梅妃最拿手的則是驚鴻舞，就是《甄嬛傳》裡，由孫儷飾演的甄嬛跳的那個。跳驚鴻舞時，安陵容配唱的「翩若驚鴻，婉若遊龍」，語出大才子曹植的《洛神賦》。

曹植在與曹丕的世子之爭中失敗，自然就成了曹丕欲除之而後快的眼中釘。如果當年秤象的曹沖還活著，可能魏王之位就不關這兩位哥哥的事了。曹丕登上帝位後，有一次揪住曹植的小毛病，打算對他處以極刑來斬草除根，但又不想讓天下人認為自己絕情，就出了個題目：「本來你論罪當死，但看在你我一母同胞兄弟情分上，如果你能在七步之內做出一首詩來詠頌兄弟之情，而字間又不出現『兄弟』二字，就饒了你的性命，不然就休怪朕大義滅親了！」曹植剛邁出第一步，便脫口吟出了這首流傳千古的《七步詩》：

煮豆燃豆萁，豆在釜中泣。
本是同根生，相煎何太急？

曹丕和曹植的母親在殿後見此情景，大哭而出，抱住曹植並指責曹丕，曹丕這才羞慚的放過了親弟弟。《七步詩》的比興手法是典型的《詩經》風格，後來成為大家用以勸誡不可兄弟鬩牆、自相殘殺的好教材，曹植從此也以才思敏捷而著稱於世。

東晉末年劉宋初年的謝靈運稱頌曹植道：「天下才共一石，曹子建獨占八斗，我得一斗，天下共分一斗。」這句話的潛臺詞是，全天下人的才氣加起來，不過和他打成平手，真是跩得不行。不過他承認曹植比他還厲害八倍，成語「才高八斗」即由此而來。由此來看，讓人搞不懂謝靈運這個人究竟算是謙虛還是驕傲。

曹植曾經被封為陳王，李白《將進酒》裡的「陳王昔時宴平樂」，就是說曹植經常喝酒宴樂，自然也經常誤事。有一次曹操派他率軍出征，這傢伙竟然喝醉了不能成行，要是碰上春秋時嚴於軍紀的田穰苴（又稱司馬穰苴），只怕後果堪虞。由此可見，曹植的政治能力著實太差，在競爭中輸給曹丕並不冤枉。

關於《七步詩》故事的真實性，歷史上一直存有爭議。曹丕在這個故事裡的表演太像一個托兒（詐騙幫手），而且曹家人並沒有那麼絕情寡義。《三國演義》把曹操寫成個大白臉（奸詐的人），但筆者傾向於占了天下十之七八的曹魏，比割據蜀中一隅的劉備更「正統」的說法。如果沒有曹操，東漢早就滅亡在黃巾軍和董卓之亂裡了，是他為漢朝又延續了幾十年的國祚（王朝維持的時間）。而且曹家待漢帝其實不薄，不但曹操自己沒當皇帝，而且曹丕篡位後，漢獻帝退位、被封為山陽公，一直活到曹操的孫子曹叡當政時才善終。

曹操唯一的瑕疵就是幹掉了漢獻帝的伏皇后，但前提是伏皇后一家先想幹掉他，這幾乎可以算是自衛或報仇，不算濫殺。曹操把自己的女兒嫁給漢獻帝作為補償，曹皇后也是重情重義之人，夫妻兩人感情穩固。曹丕篡位時，曹皇后痛哭大罵哥哥。漢獻帝退位後，夫妻兩人在封地一直相濡以沫的生活。比起司馬家在曹魏國力鼎盛之時，從孤兒寡母手裡搶奪江山，曹家人對漢室真算不得卑鄙。

雖然司馬氏得國比曹魏還不正，但晉武帝司馬炎其實也算是一個厚道人，**曹魏末帝曹奐退位後被封為陳留王**，居然還被允許使用天子旌旗，在封國可以行魏國正朔，給晉武帝上書可以不稱臣，受詔可以不拜，最後得盡天年，其**待遇和結局是歷代亡國之君中最好的**。樂不思蜀的劉禪在司馬炎手下也是善終，但是從南朝劉宋的開國之君劉裕起，篡位後就把前朝宗室屠戮殆盡，這種手段逐漸普遍。這種一代不如一代的現象，中國人稱之為「世風日下，人心不古」。

曹操、曹植和曹丕，合稱為「建安三子」。在電影《赤壁》中，曹操的夢中情人是小喬，關於這一點，導演吳宇森先生也不算完全無中生有，杜牧《赤壁》一詩中的詩句可為其證：「東風不與周郎便，銅雀春深鎖二喬。」意即周瑜如果不是運氣好，在赤壁之戰中能借得東風，用火攻大敗人數占了絕對優勢的曹軍，不然，大小喬就要被曹操收藏到他專門為這兩位美女修築的銅雀臺了。

史上最幸福音樂人，沒有之一

自從王維在畫中，看出樂師們演奏的是《霓裳羽衣曲》之後，受到大音樂家李龜年的熱烈崇拜，兩人很快結成了好友。你可能無法理解，怎麼會有人的名字裡用「龜」這麼難聽的字眼，其實在古代，龜是長壽的吉祥象徵，而不是罵人的話。比如曹操就寫過一首《步出夏門行．龜雖壽》，來表達自己不但要像烏龜一樣長壽，更要像老馬一樣志在千里的心志：

神龜雖壽，猶有竟時。
騰蛇乘霧，終為土灰。
老驥伏櫪，志在千里；
烈士暮年，壯心不已。
盈縮之期，不但在天；
養怡之福，可得永年。
幸甚至哉，歌以詠志。

這句**「老驥伏櫪，志在千里」**今天已經是成語，簡單來說就是：老人吃飯是為了活著，但老人活著不是為了吃飯，還得有點更高的精神追求。「養怡之福，可得永年」，現在則成了電視上，經常播放的保健品廣告詞。曹操的這組詩裡面，還有一首比《龜雖壽》更有名的，就是《步出夏門行．觀滄海》，大家可以把兩首詩放在一起背誦：

東臨碣石，以觀滄海。
水何澹澹，山島竦峙。
樹木叢生，百草豐茂。
秋風蕭瑟，洪波涌起。
日月之行，若出其中；
星漢燦爛，若出其里。
幸甚至哉，歌以詠志。

李龜年的名字寄託了父母期望他活到神龜之年的美好願望，佐證是他還有兩個兄弟，一位叫李鶴年，一位叫李彭年。仙鶴與彭祖（按：中國神話中的長壽仙人）都象徵長壽，大家體會一下。兄弟三人均是文藝青年：李彭年善舞，李龜年、李鶴年善歌，李龜年還長於作曲，所以在三兄弟中名聲最高。王維寫的那首名篇《相思》，可能是為李龜年的新歌所做的詞，因為在此詩邊上題著「江上贈李龜年」。李龜年為它譜好曲之後，頓時成為年度打榜熱歌，被梨園子弟們紛紛傳唱：

紅豆生南國，春來發幾枝。
願君多採擷，此物最相思。

紅豆自此被稱為「相思豆」或「相思子」，一直被文人雅士們用來寄託相思之情。吟誦紅豆的詩中最有名的是王維的這首《相思》，而詞曲中最有名的，則是《紅樓夢》賈寶玉唱的《紅豆詞》，對比一下唐詩的格律嚴謹和詞曲的節奏變化，我們會發現真是各擅勝場：

滴不盡相思血淚拋紅豆，開不完春柳春花滿畫樓。
睡不穩紗窗風雨黃昏後，忘不了新愁與舊愁。
咽不下玉粒金蓴噎滿喉，照不見菱花鏡裡形容瘦。
展不開的眉頭，挨不明的更漏。
呀！恰便似遮不住的青山隱隱，流不斷的綠水悠悠。

安史之亂後李龜年流落到江南，在一個宴會上，他再次演唱了當年自己最愛的《相思》金曲，滿座莫不觸動心底對如煙往事的記憶，盡皆泫然淚下。這時在哪裡都會出現的杜甫，再次顯示了他的存在感，即席吟出了前文提到的名作《江南逢李龜年》：

岐王宅裡尋常見，崔九堂前幾度聞。
正是江南好風景，落花時節又逢君。

李龜年為詩仙李白的三首《清平調》譜過曲，詩聖杜甫和詩佛王維都為他作過詩。在生命中和盛唐的三位天王巨星，都有交集並且佳話傳千古，他堪稱是歷史上最幸福的音樂人，沒有之一。

鬱輪袍，狀元我先訂了

王維以其音樂和詩歌的雙重超一流才華，成了備受岐王府歡迎的常客。但王維的結識目標不只岐王而已，而是要透過岐王的引薦，得到九公主的賞識，因為有一個大項目要公關。

過了一段日子，岐王帶著好酒、樂隊去九公主府上助興，當然是醉翁之意不在酒。公主看見岐王身後站著一位白衣白袍、風姿俊美的少年，非常引人注目，便問道：「這位是何人呀？」岐王回答：「此人名叫王維，字摩詰。雅擅音律，可為公主演奏一首新曲。」王維等的就是這個機會，抱起琵琶彈出一曲，音調淒婉哀切，滿座為之動容。公主也聽得意動神迷：「此曲何名？」王維答道：「名為《鬱輪袍》，是在下新作。」

岐王趁機又對公主說：「此人不只長於音律，詩恐怕更是當世第一。」王維便從懷中拿出幾卷詩獻上，公主看過之後讚嘆不已：「這些詩都是我平時吟誦過的，原來還以為是古人的佳作，沒想到居然就是你寫的！」立刻引王維上座。岐王見時機成熟，便說：「可惜他今年不願意去考進士，真是國家的損失。」公主詫異道：「那是為何？」岐王低聲道：「聽說公主已經向主考官推薦張九皋為狀元。摩詰志在折桂，只好下次再考了。」公主笑道：「原來如此。公子只管盡力去考。只要你有當狀元的真才實學，我擔保沒人敢埋沒你。」有了九公主這句話，**王維果然一舉奪得新科狀元，時年只有二十一歲。**

這個故事，最早出自唐代薛用弱的《集異記》，其中未提公主的封號。元代辛文房的《唐才子傳》中有類似的故事，也只言是「九公主」。後人常以為是指權勢熏天的太平公主，也就是唐高宗和武則天的小女兒、中宗和睿宗的妹妹、玄宗和岐王的姑姑。事實上，這個可能性非常小，太平公主因為謀反，而被唐玄宗賜死是在西元七一三年，那年王維也不過在十二歲至十四歲之間。同時期另一位聲名顯赫的安樂公主是中宗的女兒，但死得比太平公主還早三年，可能性為零。

其實最有可能的是名氣稍小的玉真公主，她是唐玄宗一母同胞的妹妹，兄妹感情深厚，在天子面前說話非常管用。而且玉真公主是著名的女文青，她家是長安城裡最頂尖的文藝沙龍，李白、張說等人均為座上常客。這樣一位橫跨政、文兩界的名媛，才有可能是提攜王維「文而優則仕」的最佳貴人。

如果沒有王維橫插這一杠子，原本內定的狀元是嶺南人張九皋。張九皋的哥哥，是開元盛世的最後一位名相張九齡。一直提攜張九齡的，就是開元中期名相張說。張九齡是蠻荒之地嶺南所出的第一位知名大才子，他最有名的一首詩是《望月懷遠》：

海上生明月，天涯共此時。
情人怨遙夜，竟夕起相思。
滅燭憐光滿，披衣覺露滋。
不堪盈手贈，還寢夢佳期。

張九齡很有知人之明，他很早就看出安祿山性格奸詐陰險，對人預言「亂幽州者，必此胡也」。有一次，安祿山違反軍令打了敗仗，張九齡趁機奏請殺他，唐玄宗卻說：「愛卿想學王衍識得石勒的故事，來臆斷安祿山將來難制嗎？」之後故意釋放安祿山，以示其寬宏大量。

最終安祿山果然反叛，重演了西晉末年石勒亂華的一幕。唐玄宗晚年看人，簡直是一塌糊塗，治國的天分大概在壯年之前都用完了。

雖然王維早年搶了張九皋的狀元，後來不得志時，仍寫信給張九齡，表示想做個官，張九齡還推薦他當了右拾遺，可見其心胸寬廣。張九齡的言談舉止也很優雅，風度遠超常人。自他去世後，唐玄宗非常懷念，每當宰相向他推薦士人時，總喜歡問上一句：「這人的風度怎麼樣？能有一點像文獻公（張九齡諡號文獻）嗎？」

第十二章

王維的才華，全唐無人能超越

世有「李白是天才，杜甫是地才，王維是人才」之說。若單論詩歌成就，王維當然略遜於李杜，在盛唐最多排到第三；但若論整體才華，整個唐朝無人能出其右。王維既被後世尊為詩佛，又被尊為南宗山水畫之祖，錢鍾書先生稱其為「盛唐畫壇第一把交椅」，另一位千年一出的全才蘇軾則評價道：「味摩詰之詩，詩中有畫；觀摩詰之畫，畫中有詩。」除了詩畫雙絕、精通音律之外，王維還擅長書法和刻印。而在這些文藝才能之外，王維還很喜歡助人為樂。

息夫人

唐玄宗的大哥寧王李憲，曾經看上一個賣燒餅之人的美貌妻子（不知為何，賣燒餅的人娶到漂亮老婆的可能性這麼高，武大郎也是賣燒餅，而他的老婆潘金蓮也是美女），就把人家強占為妾。

這位女子進了寧王府以後，終日悶悶不樂、不發一語。寧王有一次宴請賓客時，看見她又苦著臉，不禁心中鬱悶，氣哼哼的說：「妳那個賣燒餅的老公恐怕早就另娶新歡，把妳丟到腦後去了。我現在就派人叫他給宴會送餅來，妳看看他還想著妳嗎？」過不多時，那男子端著一筐燒餅走進宴會廳，看見妻子後一愣，兩人相對無言，淚如雨下。

寧王本人也擅長音律，所以王維恰巧當時也被邀請而在座，見此情景便端起酒杯飲了一口，即興吟出一首詩：

　莫以今時寵，能忘舊日恩。
　看花滿眼淚，不共楚王言。

眾賓客一聽，均知此詩吟的是息夫人，思索之下，紛紛點頭嘆息。此詩後來的命名便是《息夫人》。息夫人是春秋時息國國君的妻子，以美貌馳名天下。楚王滅了息國後，將她據為己有，但息夫人始終不曾跟楚王說過一句話，以此作為無聲的抗議。

王維此詩正是借這段歷史故事來婉轉的批評寧王。寧王明知此事自己做得理虧，只好當眾對賣燒餅的夫妻說：「以前那些事都是手下人幹的，本王並不知道妳是有夫之婦。現在成全妳們夫妻，妳們可以走了。」夫妻兩人大喜，就此脫身而去。

其實寧王是位氣量很大、很聰明的人。太平公主一心想扶持他做皇太子，但他看到弟弟李隆基在消滅韋后集團中立下大功，這一點很像當年的秦王李世民，如果自己當了太子，只怕玄武門之變中的骨肉相殘悲劇會重演，所以他不顧父親睿宗李旦和姑姑太平公主的支持，真心實意的把皇太子之位讓給了弟弟，促成了之後唐玄宗的開元盛世。

李隆基即位後對兄弟們很好，而其做法又很聰明，不給他們權力，只讓他們富貴悠閒。對這位讓出皇位的大哥尤其尊重親密，兩人常常睡在一張床上聊天。寧王死後，唐玄宗給他的**謚號居然是「讓皇帝」**，以表示他對大哥的敬重跟愛戴。

在顧全骨肉親情這一點上，李隆基是皇帝們的楷模。看見兒子們的關係如此融洽，太上皇李旦比起他的曾祖父李淵（另一位太上皇）不知要欣慰多少倍。

筆者記得三首關於息夫人的詩，代表了古代文人，對於這種難堪處境下的女性的不同態度。王維對此深表同情，而杜牧的《題桃花夫人廟》是譴責：

細腰宮裡露桃新，脈脈無言幾度春。
至竟息亡緣底事，可憐金谷墜樓人。

息夫人被稱為「桃花夫人」，可見其貌豔若桃花、美若天仙。但杜牧認為，息國滅亡就是因為紅顏禍水。當時正在國勢擴張中的楚國滅息國，完全是政治上自然的行動，息夫人只不過是額外的戰利品。但杜牧不但認為息夫人是亡國禍水，而且對她沒有殉國很生氣，便拿綠珠跳金谷樓殉情之舉，作為道德高標來對比，以示譴責。

綠珠是西晉巨富石崇的寵姬，美名聞於天下。在八王之亂中，權傾一時的小人孫秀垂涎於她的美色，派人向石崇索要，石崇不從。孫秀便遊說趙王司馬倫，誅殺石崇，夷其三族。某天，石崇正與綠珠在金谷園中的高樓上宴飲，聽聞兵圍門外，便對綠珠嘆道：「我今日為妳而死。」綠珠泣答：「願效死於君前。」言罷跳樓而亡，隨後石崇全家被殺。綠珠性情剛烈，可惜紅顏薄命。杜牧曾作《金谷園》哀嘆：

繁華事散逐香塵，流水無情草自春。
日暮東風怨啼鳥，落花猶似墜樓人。

杜牧覺得息夫人當日應該像綠珠一樣，死在楚王面前才是正確的選擇，他的一堆好詩中，就數這首《題桃花夫人廟》最不靠譜。相比而言，反倒是名氣最小的清人鄧漢儀，所寫《題息夫人廟》更為深沉感人：

楚宮慵掃眉黛新，只自無言對暮春。
千古艱難唯一死，傷心豈獨息夫人？

作為一個在清朝統治下，拒不出仕的漢族士人，規復故國又遙不可及，從這一聲嘆息之中，我們能夠聽出，對許多不得已之人和不得已之事的無奈、諒解和寬容，實屬難能可貴。

另一位著名的戰利品是花蕊夫人，她與卓文君、薛濤、黃娥被並稱為蜀中四大才女。宋太祖滅亡後蜀，順勢將色藝俱佳的花蕊夫人作為戰利品收藏。對於時人說她是紅顏禍水導致亡國的論調，花蕊夫人自己賦一首詩，來討論關於女人和亡國的問題：

君王城上樹降旗，妾在深宮哪得知？
十四萬人齊解甲，更無一個是男兒。

此詩對於將亡國的責任推到女人頭上的論調，進行了酣暢淋漓的反擊，用現在的流行語來說，就叫作「禍水的逆襲」。

兄弟情深

王維最膾炙人口的作品，無疑是送別詩中的極品《送元二使安西》：

渭城朝雨浥輕塵，客舍青青柳色新。
勸君更盡一杯酒，西出陽關無故人。

筆者小時候總認為王維送別的哥們兒名叫「元二使」，直到某天腦海突然一震，才明白其實人家名叫「元二」，要去出使安西。

此詩和高適豪邁的**「莫愁前路無知己，天下誰人不識君」**意境正相反，倒與李叔同的「天

▲ 送別詩中，以王維的《送元二使西安》屬極品。一讀就能感受到孤獨蒼涼感。

之涯，海之角，知交半零落，一瓢濁酒盡餘歡，今宵別夢寒」的蒼涼味道很接近，吟誦時，如果不配上一壺暖酒，簡直讓人冷得喘不過氣。

此詩受歡迎程度，可以從它流傳的名字之多看出來。除了《送元二使安西》之外，還有《渭城曲》、《陽關曲》，最富詩意的是《陽關三疊》。金庸大俠估計也很喜歡，所以《天龍八部》裡，天山童姥傳給虛竹的天山六陽掌最後一式，名字就叫「陽關三疊」。陽關今天已蕩然無存，只剩下當年的一點遺址了。

王維的另一首名篇是親情詩《九月九日憶山東兄弟》，據說是他十七歲時所寫。王維和弟弟王縉的關係非常親密，從此詩中可見一斑：

獨在異鄉為異客，每逢佳節倍思親。
遙知兄弟登高處，遍插茱萸少一人。

重陽節插茱萸之風在唐代很普遍，據說可以避邪，但其後慢慢讓位給象徵長壽的菊花。事實上，菊花對唐朝而言，並不算美好的事物，因為它會引出一位特別喜歡此花的混世魔王，顛覆大唐三百年的江山社稷，這是後話。

從張九齡刀下逃生的安祿山，後來發動叛亂，唐玄宗跑路去了四川，把貴族和大臣們都丟在即將淪陷的長安。安祿山抓住王維後，愛惜他的文才，一定要他做偽官，王維只能裝病，出工不出力。

即使如此，在安史之亂被平定後，淪陷在叛軍中沒有殉節的官員都被定罪，其中也包括王維。這時王縉已經是刑部侍郎（司法部副部長），就上奏唐肅宗李亨說：「臣兄王維一直身在曹營心在漢。有一次叛賊安祿山在凝碧宮大擺筵席，臣兄聞樂神傷，偷偷作了一首《凝碧詩》，當時就流傳開來。請聖上明鑑！」同時呈上此詩：

萬戶傷心生野煙，百官何日再朝天？
秋槐花落空宮裡，凝碧池頭奏管弦。

詩的意思是：雖然叛賊在宮裡大擺慶功宴，忠於皇室的百官卻都很傷心，我們什麼時候才能再朝拜真正的天子呢？唐肅宗當然能讀出王維對李唐皇室的忠誠，頗為嘉許。王縉更誠懇的表示，情願自己免官來為哥哥贖罪。唐肅宗感動於王氏兄弟的手足情深，而且王縉平叛有功，所以特詔寬免王維，還給他官職。王維最終官至尚書右丞，因此世稱「王右丞」。

類似的故事，也發生在宋朝的蘇軾和蘇轍兄弟身上。「一門父子三學士，千古文章八大家」，兄弟倆有很多共同語言，感情極好。蘇軾的《水調歌頭．中秋》裡「但願人長久，千里共嬋娟」之名句，並非寫給心愛的女人，而是寫給他這位親愛的兄弟。他在序裡寫道：「丙辰中秋，歡飲達旦。大醉，作此篇，兼懷子由。」子由是蘇轍的字。蘇軾因為「烏臺詩案」入獄，被小人奏請為死罪，曾寫下訣別詩給蘇轍：「與君世世為兄弟，更結來生未了因。」手足之情感人至深。同時，蘇轍也上書朝廷，請求以自己被免官來為兄贖罪，朝廷不同意，最後連蘇軾的前政敵、已經賦閒在家的王安石，也上書為蘇軾求情，所以蘇軾最終逃過一死，貶官了事。

曹植《七步詩》的故事讓人心寒，但王氏兄弟和蘇氏兄弟的故事都證明了：只要不是生在帝王家，有個好兄弟是多麼幸福！可惜獨生子女享受不到這種感動與暖心。

蘇軾和蘇轍兩兄弟的字也很有意思，蘇軾字子瞻，蘇轍字子由。我猜想他們的父親蘇洵當時可能正在看《曹劌論戰》。曹劌輔佐魯莊公擊敗「一鼓作氣，再而衰，三而竭」的齊軍，魯君正要追擊時，曹劌擔心強大的齊國會有伏兵而適時攔阻，曰「未可」，先下視其轍（車跡之「由」），再登軾而望之（高「瞻」遠矚），最後才曰「可矣」，縱魯軍追擊，遂大敗齊軍。蘇洵曾寫過《名二子說》解釋這兩個兒子名字的由來，尚不及筆者這個猜想生動活潑。

山水田園，畫面感濃烈

王維早年入仕時也曾有過廣闊抱負，宦海沉浮後覺得世事無常，逐漸消沉下來，開始吃齋念佛。他四十多歲時，在藍田輞川購得一處原為宋之問所有的別墅，修繕之後隱居在此，依山傍水、館舍清幽，過著修身養性、以詩會友、半官半隱的閒適生活，並在此地留下了大量的詩歌，從而成為盛唐山水田園派的代表人物。本書以兩首詩來證明王維在門派裡的地位，第一首是《山居秋暝》：

空山新雨後，天氣晚來秋。
明月松間照，清泉石上流。
竹喧歸浣女，蓮動下漁舟。
隨意春芳歇，王孫自可留。

另一首是《輞川閒居贈裴秀才迪》：

寒山轉蒼翠，秋水日潺湲。
倚杖柴門外，臨風聽暮蟬。
渡頭餘落日，墟里上孤煙。
復值接輿醉，狂歌五柳前。

此詩極富畫面感，王維特色濃烈。黛玉在教香菱學詩時，曾經指出，頸聯的「渡頭餘落日，墟里上孤煙」是從陶淵明的「曖曖遠人村，依依墟里煙」化出來的。王維的版權意識非常強，在尾聯立刻就向五柳先生（陶淵明自號）致敬。後來王維將他非常喜愛的這句進一步化入《使至塞上》，成為千古名句：

單車欲問邊，屬國過居延。
征蓬出漢塞，歸雁入胡天。
大漠孤煙直，長河落日圓。
蕭關逢候騎，都護在燕然。

說到陶淵明，他是後世很多大詩人的偶像。除了王維之外，李白肯定也是他的粉絲。陶淵明流傳下來的最有名的一句話是「吾不能為五斗米折腰」，於是李白也在他的《夢遊天姥吟留別》結尾中向陶前輩致敬：「安能摧眉折腰事權貴，使我不得開心顏？」

不肯折腰的陶淵明辭官回到故鄉後，自耕自食、自給自足，還經常呼朋喚友，在一起飲酒高歌。他喜歡喝酒，但估計酒量一般，往往是自己先喝醉了，便直率的對客人說「我醉欲眠，卿可去」。李白在《山中與幽人對酌》中，再次向他這句名言致敬：

▲ 王維隱居在藍田輞川，這裡依山傍水、館舍清幽，他在這裡寫出大量詩歌，從此成為山水田園派代表。

兩人對酌山花開，一杯一杯復一杯。
我醉欲眠卿且去，明朝有意抱琴來。

陶淵明最傑出的詩作是《飲酒》，從此之後，菊花便成了隱士們的象徵符號，也升格為中國的第一等名花：

結廬在人境，而無車馬喧。
問君何能爾？心遠地自偏。
採菊東籬下，悠然見南山。
山氣日夕佳，飛鳥相與還。
此中有真意，欲辨已忘言。

細柳將軍驚呆皇帝

王維最擅長的確實是小橋流水的詩情畫意，但也有一首非常陽剛的五言律詩《觀獵》，描繪了將軍縱馬狩獵的動感場景：

風勁角弓鳴，將軍獵渭城。
草枯鷹眼疾，雪盡馬蹄輕。
忽過新豐市，還歸細柳營。
回看射雕處，千里暮雲平。

細柳營是漢代名將周亞夫的屯軍之地。當年漢文帝為了抵禦進犯邊境的匈奴，調了三路軍隊分別駐防在灞上、棘門和細柳。有一天，漢文帝心情大好，親自去慰勞軍隊而未事先通報。到了灞上和棘門的軍營，漢文帝的車騎都是很威風的長驅直入，但當他最後來到周亞夫駐守的細柳營時，只見眾官兵披戴盔甲、戒備森嚴，手中兵器寒光閃閃，連漢文帝的傳令兵都被攔在營外不得進入。傳令兵告知天子親自來勞軍，軍門的守衛卻面無表情的答覆：「將軍有令，軍中只聽將軍命令，不聽天子詔令。」等漢文帝聖駕到了，使者拿著皇帝符節進去通報，周亞夫這才命令打開營門迎接。守營士兵還嚴肅的告誡漢文帝的車夫：「將軍有令，軍營之中不許車馬急馳。」車夫只好控制著韁繩，讓馬徐徐而行。

漢文帝到了軍中大帳前，周亞夫一身戎裝出來迎接，向漢文帝行拱手禮而不跪拜：「披戴甲冑的戰士不應行跪拜之禮，請陛下允許臣下以軍中之禮拜見。」漢文帝也扶著車前的橫木欠身向將士們行軍禮。

勞軍完畢，漢文帝出了營門之後，就對被這一幕驚得目瞪口呆的隨行群臣感嘆：「這才是真將軍啊！灞上和棘門的那些軍隊與之相比，簡直是兒戲一般。如果敵軍來偷襲，恐怕連他們的將軍都要被俘虜了。而周亞夫的軍營怎麼可能給敵人以偷襲之機呢？」匈奴一退兵，漢文帝就升了周亞夫的職，讓他負責京城長安的警衛。

漢文帝病重彌留之際，囑咐太子道：「以後國家若有危難之時，可以放心使用周亞夫。」漢景帝即位後，遵守先皇遺詔，將周亞夫升任車騎將軍。在隨後的吳楚七國之亂中，周亞夫統帥王軍，在三個月內平定叛軍，拯救了風雨飄搖的大漢皇朝，因功封為條侯。但後來他因為桀驁不馴，被漢景帝猜忌在自己去世後少主（漢武帝）難以制服，最終獲罪下獄，性情剛烈的他絕食而死。所以李廣之孫李陵說漢家薄待功臣，真不算冤枉。

周亞夫的父親就是漢初大名鼎鼎的絳侯周勃，官拜太尉，掌管全國的兵權。劉邦在死前曾有預言「安劉氏天下者，必周勃也」。劉邦駕崩後，呂后專權，大封呂氏子弟及其親信。等到呂后一死，周勃和丞相陳平商量好了要消滅呂氏，便下令軍中說：「支持呂氏的，就右袒（把右胳膊露出來）；支持劉氏的，就左袒（把左胳膊露出來）。」眾人都厭惡呂氏，全軍上下盡皆左袒。周勃便率領他們攻滅呂氏，保住了劉氏江山。這則典故就是**「袒護」**一詞的由來。

從古至今，類似周勃滅呂安劉的事例絕非孤例，甚至可以說歷史不斷重複發生，難怪人會說，「以史為鑑，可以知興替」。

第十三章

孟浩然得罪玄宗，只好當田園詩人

王維詩中的將軍射下了大雕，算得上一位神箭手。中國古代的神箭手很多，比如百步穿楊的養由基和射箭入石的李廣，但比他們更厲害的是北周名將長孫晟。

射雕英雄

長孫晟出使突厥時，有一次陪同可汗出遊，正好遇到兩隻大雕在天空中追逐爭肉。可汗遞給長孫晟兩枝狼牙雕翎箭，說道：「素聞將軍善射，請用這兩枝箭把牠們射下來吧。」長孫晟並不推辭，接過箭來，一邊縱馬而奔，一邊抬頭觀察。等到雙雕在空中廝打身形重合時，他眼疾手快，揚手就是一箭，正好貫穿雙雕（一箭雙鵰），將剩下的一支箭還給瞠目結舌的可汗。這便是成語「一箭雙雕」的來歷。

長孫晟有位女兒，就是唐太宗大名鼎鼎的原配長孫皇后。有一天，唐太宗下朝回宮，怒氣沖沖、咬牙切齒的對長孫皇后說：「朕一定要找機會殺了那個鄉巴佬！」皇后忙問：「是哪位大臣惹怒了陛下？」唐太宗回答：「還不是那個魏徵！他以前是李建成的部屬，朕對他既往不咎、委以重任，沒想到他卻經常在朝堂上以進諫之名羞辱朕，簡直是不知好歹！」

皇后聞言也不評論，立刻退到內室，換上了正式的朝服，然後走到唐太宗的面前行祝賀之禮。唐太宗被她搞得莫名其妙：「皇后這是做什麼？」皇后答道：「臣妾聽說，如果君主賢明，臣下就會正直敢言；如果君主昏庸暴虐，臣下就會噤若寒蟬、明哲保身。如今魏徵敢於直言進諫，正說明陛下是明君，臣妾怎能不祝賀呢？」唐太宗哈哈大笑，趕快扶起這位聰慧善諫、識大體的皇后。可以說，如果沒有長孫皇后，說不定唐太宗早就殺了他日後感嘆「以人為鏡可以明得失」的魏徵。

長孫皇后的親哥哥，也就是長孫晟的兒子長孫無忌，位列「凌煙閣二十四功臣」之首。唐太宗因長孫無忌，在擁立自己登基的過程中功勞第一，又是皇后的親哥哥，所以對他極為信任，想任命他當宰相。皇后認為長孫無忌貪戀權力、不夠謙退，勸諫唐太宗不可。

唐太宗不以為然，皇后就命令哥哥不准出任宰相。所以長孫皇后在世期間，長孫無忌一直沒有拜相。皇后過世不久，唐太宗還是讓長孫無忌當了宰相，結果長孫無忌在唐高宗李治時代位高權重、獨攬朝綱，最終死在了更厲害的武則天手上，因為她要清除自己上升道路上這塊最大的絆腳石。讀史至此，令人不得不佩服長孫皇后的先見之明。

既然長孫晟如此厲害，為什麼遠不如養由基、李廣有名呢？因為他是少數民族。看過《天龍八部》的人都知道，慕容氏是鮮卑族。長孫一家在戶口本上，民族一欄填「拓跋鮮卑」，也是鮮卑族，還是北魏皇族的支系。此外，「三鞭換兩鐧」的名將尉遲恭，也是鮮卑族。這就提醒我們，大唐從皇室成員到著名詩人（比如元稹），都有少數民族的血統。我們今天絕大多數的漢人，身上也流著一部分當年那些少數民族的血。

從西晉末年五胡亂華到隋唐，是中國歷史上民族大融合的時代。打個比方，你的N代外公（漢族）被你的N代爺爺（胡人）欺凌，搶了地盤房子，他們的子孫卻結婚生子，使得血脈一直流傳到今天的你身上，最後是前好幾代的外公的強大文化，把爺爺的文化同化得不知所蹤。在民族發展中起最終決定作用的，不是血統，而是文化。這對於那些一向自認為是「純種漢族」的人來說，可能是從未了解過、卻不可不知的歷史事實。

提到射雕的英雄，大多數人腦海中比長孫晟更帥氣的，是《射雕英雄傳》裡的郭靖郭大俠，雖然他是虛構的。與他同時代的人物中，還真有會射雕的，就是成吉思汗鐵木真。毛澤東在《沁園春．雪》裡寫道：「一代天驕，成吉思汗，只識彎弓射大雕」，「天驕」一詞現在似乎是褒義，原意卻是貶義。漢朝人用「天之驕子」，來形容北方強盛的匈奴人，像是父母溺愛、放肆不受管束的兒子，後來這個詞就用來形容在大家心目中同樣形象的蒙古人。

成吉思汗是蒙古人的英雄，卻是漢族及同時代諸多民族的凶殘敵人。他的名言是：「人生最大的樂趣是把敵人斬盡殺絕，搶奪他們所有的財產，看著他們的親屬痛哭流淚，騎他們的馬，強姦他們的妻子和女兒。」這種文明程度差不多是要開歷史倒車一千年。如果有人說鐵木真是中國人的英雄，筆者只能懷疑他的歷史常識和智商。

蒙元在很大程度上破壞了中國傳統文化，所以有人說「崖山之後，再無中國」。崖山海戰是南宋與蒙元之間的最後決戰，宋軍覆沒，南宋滅亡，蒙元最終統一中國。

相比之下，滿清還算謙遜，除了入關初期在揚州、嘉定的大屠殺，還有「留頭不留髮，留髮不留頭」的政治錯誤，後來基本被強大的漢文化同化，很多滿人最後連母語滿語都不會說了，所以曾國藩、李鴻章等漢族精英還願意為它賣命。清朝壽終時，很多漢族愚民還以為滿清的民族裝扮——辮子是自己與生俱來的，萬萬不可剪掉，否則即為欺師滅祖，魯迅先生的小說裡對此有生動的描寫。

千金買璧

王維有位好朋友名叫孟浩然，兩人並稱「王孟」，皆為盛唐山水田園詩的代表人物。李白曾借著送別孟浩然，寫出黃鶴樓七絕之一的《送孟浩然之廣陵》，他比李白和王維年長十二歲。有一次李白路過孟浩然的家鄉襄陽，專程去拜訪這位前輩，還寫了一首《贈孟浩然》：

吾愛孟夫子，風流天下聞。
紅顏棄軒冕，白首臥松雲。
醉月頻中聖，迷花不事君。
高山安可仰，徒此揖清芬。

雖然文人之間，經常裝模作樣的互相吹捧，但李白的天才和傲氣，能讓他用到「高山仰止」這種頂級恭維語，說明他對孟浩然的欽佩是相當真誠的，孟浩然的江湖地位由此可見一斑。

孟浩然看李白對自己這麼仰慕，總覺得要回報他，才符合前輩的身分，於是為李白介紹一樁親事，女方是前宰相許圉（按：音同宇）師的孫女許紫煙。

許氏夫人和李白不但是才子佳人、門當戶對（按：據《新唐書》記載，李白為興聖皇帝〔西涼武昭王李暠〕的九世孫，按照這個說法，李白與李唐皇室同宗；據《舊唐書》記載，李白之父李客為任城尉），而且很有共同語言，因為她體內也流著許家的詩歌血液。許圉師的六世孫許渾是晚唐著名詩人，特別喜歡寫水寫雨，所以被後人總結為「許渾千首濕，杜甫一生愁」，他的代表作是《咸陽城西樓晚眺》，大家終於可以從中找到**「山雨欲來風滿樓」**一句的出處了：

一上高城萬里愁，蒹葭楊柳似汀洲。
溪雲初起日沉閣，山雨欲來風滿樓。
鳥下綠蕪秦苑夕，蟬鳴黃葉漢宮秋。
行人莫問當年事，故國東來渭水流。

婚後許紫煙為李白生下了兒子伯禽和女兒平陽。兒女雙全的李白對妻子非常滿意，所以在他的名作《望廬山瀑布》裡，巧妙的嵌入了愛妻的名字：

日照香爐生紫煙，遙看瀑布掛前川。
飛流直下三千尺，疑是銀河落九天。

婚後李白經常在外面遊歷名山大川，有時候思念遠方的妻子，通常情況下都沒心沒肺的李白，居然也能寫出一首悲秋相思之曲《秋風詞》：

秋風清，秋月明，
落葉聚還散，寒鴉棲復驚。
相思相見知何日？此時此夜難為情！
入我相思門，知我相思苦，
長相思兮長相憶，短相思兮無窮極，
早知如此絆人心，何如當初莫相識。

可惜幾年後許夫人駕鶴仙去，李白又與一位劉姓女子結合。這位劉氏可不如許紫煙知書達理，而是一天到晚念叨著現實的柴米油鹽。過了一段時問，劉氏見李白終日飲酒作詩，眼看家中坐吃山空，就開始批評他要想辦法「詩而優則仕」。李白無奈之下，只好離家去長安鑽營前途。走之前和劉氏鬧了不愉快，乾脆把離別詩的題日起成《南陵別兒童入京》，居然沒有作別女主人，明顯是在賭氣：

白酒新熟山中歸，黃雞啄黍秋正肥。
呼童烹雞酌白酒，兒女嬉笑牽人衣。
高歌取醉欲自慰，起舞落日爭光輝。
遊說萬乘苦不早，著鞭跨馬涉遠道。
會稽愚婦輕買臣，余亦辭家西入秦。
仰天大笑出門去，我輩豈是蓬蒿人。

讀到**「仰天大笑出門去」**，有人以為詩仙當時很開心，誰知他剛和自己的女人吵完架，線索便是那句「會稽愚婦輕買臣」。漢朝會稽人朱買臣，早年家貧，以賣柴為生，但是非常勤奮，一邊擔柴走路還一邊讀書，《三字經》裡那句「如負薪」說的就是他，和李密放牛時讀《漢書》齊名。

妻子崔氏嫌他做原材料業務沒有前途，改嫁給了一個木匠，因為人家做的是木材精加工。後來漢武帝封朱買臣為會稽太守，崔氏又想復婚。朱太守讓人端來一盆清水潑在馬前，告訴前妻，若能將潑在地上的水收回盆中，就可以回家。崔氏知道覆水難收，回去後羞愧的自盡了。另一個版本是朱買臣衣錦還鄉後，善待前妻及其丈夫，前妻羞愧自盡。

透過對比，李白很懷念和許紫煙那段琴瑟和諧的婚姻，不知是否屬於心理上的補償，他的最後一任妻子，是另一位前宰相宗楚客的孫女宗煜。

當李白、杜甫和高適三位好友，到商丘梁園體驗農家樂趣時，詩仙酒後興致大發，在寺廟的牆壁上一氣呵成長詩《梁園吟》。寺僧很惱火的要鏟掉他的塗鴉，正好被路過的宗煜小姐看到，而且十分愛惜這首詩，於是派人送了一千金給寺廟，將整面牆壁買下（千金買壁），不許清掉。

此事立刻在小城中傳得沸沸揚揚，李白聽說後很感動，知道宗煜跟許紫煙一樣，是能欣賞自己的女文青，而不是劉氏那種過於現實的拜金女，當即拜託高適向這位知音宗小姐提親。宗小姐本就欽慕李白的文采，自然應允，兩人喜結連理。

錯失良機

孟浩然年輕的時候，可沒有「迷花不事君」那麼淡泊，其實還是很想做官的。他曾經給當時的宰相張九齡，寫過一首《望洞庭湖贈張丞相》以求引薦：

八月湖水平，涵虛混太清。
氣蒸雲夢澤，波撼岳陽城。

欲濟無舟楫，端居恥聖明。
坐觀垂釣者，徒有羨魚情。

詩歌的重點在於**後面四句委婉的求官**：我想要渡湖，卻苦於找不到船隻，聖明時代還在家裡端坐閒居，覺得很羞愧，只能坐著觀看釣魚的人（暗指執政的張九齡）施展身手、報效國家而白白羨慕啊。前面四句描寫八月湖景，本來只是藉以起興而已。但透過這潑墨山水般的大筆渲染，八百里洞庭的壯觀景象躍然紙上，倒使得本篇成為山水詩中的傑作，可謂「有意栽花花不發，無心插柳柳成蔭」。一向愛惜人才的張九齡接到這首贈詩後，一面邀請孟浩然到長安，一面向唐玄宗力薦他。

王維待詔於宮中的時候，經常私邀孟浩然進宮交流寫詩心得，因為兩人詩風相近，所以惺惺相惜。但是在一次切磋的時候，恰好唐玄宗突然有事來找王維。孟浩然大概想著覲見天子之前，一定要焚香沐浴梳洗打扮之類的，完全沒有做好這種偶遇的心理準備，本能反應就是爬到床底下躲起來。但王維可不敢隱瞞自己房間裡藏了個大活人，只好據實稟報。唐玄宗一聽很高興：「我早就聽張九齡多次提起此人的詩名，說是當今高士，今日正好一見！」孟浩然只好從床下爬出來拜見天子。唐玄宗笑道：「先生不必拘束。可將你的近作吟誦一首與朕聽聽。」

面對著這千載難逢、一步登天的機會，老孟抖抖索索的吟出了自己的得意之作《歲暮歸南山》：

北闕休上書，南山歸敝廬。
不才明主棄，多病故人疏。
白髮催年老，青陽逼歲除。
永懷愁不寐，松月夜窗虛。

唐玄宗聽後，重複了一下「不才明主棄」。孟浩然一拍腦門，真恨自己不知哪根筋搭錯了。原來這句詩直譯就是「我沒啥本事，所以聖明天子不讓我做官」。但如果你真以為他這麼謙虛，那就太沒文化了。玄宗早被一眾文臣雅士薰陶得很有文化，當然聽得出這是抱怨的反話，其真正的意思是「本人很有才，但天子不識千里馬，沒讓我做官」。唐玄宗當即不悅的說：「卿自不求仕，朕未嘗棄卿，奈何誣朕？」怒哼一聲，拂袖而去。

孟浩然這一不小心得罪了天子，自知這輩子仕途已然無望，從此只能寄情於山水之間，所以他的「紅顏棄軒冕，白首臥松雲」其實是被迫的。但與李白類似，大唐因此少了一個庸庸碌碌的官僚，卻多了一位山水田園詩的旗手。最能體現孟浩然恬淡閒適詩風的作品是《過故人莊》：

故人具雞黍，邀我至田家。
綠樹村邊合，青山郭外斜。
開軒面場圃，把酒話桑麻。
待到重陽日，還來就菊花。

此詩讀來暖意融融，孟浩然一邊享受飯局，還一邊約定了下一頓飯局，吃貨面目盡顯無遺。新月派作家聞一多先生對此詩的評價是「淡到看不見詩」，與「床前明月光，疑是地上霜」的境界相仿佛。

而孟浩然最為婦孺皆知的作品，應該是大家從小就背誦的前五名詩歌之一《春曉》，惜春之意盡顯，卻又哀而不傷：

春眠不覺曉，處處聞啼鳥。
夜來風雨聲，花落知多少。

江湖傳言，武功輕靈飄逸的山水田園派長老**孟浩然**，**是死於**走威猛陽剛路線的邊塞派護法**「七絕聖手」王昌齡之手**。當然，故事並非大家想的那樣。

王昌齡，字少伯，比孟浩然小九歲，比李白和王維大三歲。有一次，王昌齡去襄陽旅

▲ 孟浩然之所以「紅顏棄軒冕，白首臥松雲」，是被逼的。

遊，孟浩然作為地主盛情款待。只是老孟本來有病在身，醫生囑咐他要忌口，不料席間有道美味江鮮，引得他食指大動，忍不住吃了再說，大有洪七公的風範。結果還沒等王昌齡離開襄陽，老孟就病發仙逝了。這個故事教訓我們：醫生的話雖不可全聽，但也不可不聽。

那麼，王昌齡是憑什麼功夫摘下「七絕聖手」這麼跩的名號呢？

第十四章

讀邊塞詩，如同看電影

如果要在唐詩的璀璨星河中選一首代表作，那是各花入各眼，任何一首詩想得到哪怕百分之十的票數，幾乎都不可能。但如果要在七絕裡選一首代表作的話，我想大概會有三成以上的人，會舉手同意投給王昌齡的《出塞》：

秦時明月漢時關，萬里長征人未還。
但使龍城飛將在，不教胡馬度陰山。

全詩字字珠璣，尤其首句更是可遇而不可求的神來之筆：今天抬頭望見的明月，正是引發秦朝戍卒們思鄉之情的明月；而今天守衛的這道城關，是漢朝名將們曾浴血鎮守的地方。意境深沉悠遠，情懷橫貫古今。此詩不但是邊塞詩的代表，更被譽為唐人七絕的壓軸之作。王昌齡憑藉此詩，摘得「七絕聖手」的桂冠。

詩家天子

關於「龍城飛將」具體指的是何人，起初多數人認為是指「飛將軍」李廣。後來有人質疑李廣與龍城無甚關係，倒是衛青曾有戰役如天降神兵般奇襲龍城，所以有人認為應該指的是衛青。如果將這句解釋成「只要有奇襲龍城的衛青、飛將軍李廣那樣的良將在」，就可以避免不必要的爭論了。

王昌齡還有兩首《從軍行》，也是一流的傑作。

《從軍行．其一》：

青海長雲暗雪山，孤城遙望玉門關。
黃沙百戰穿金甲，不破樓蘭終不還。

《從軍行．其二》：

大漠風塵日色昏，紅旗半卷出轅門。
前軍夜戰洮河北，已報生擒吐谷渾。

憑這三首七絕，在邊塞詩人的評選中，王昌齡就可以力拔頭籌。但你若以為他只會寫氣勢磅礴的邊塞詩，那就大錯特錯了。**如果把唐詩中的閨怨詩排個座次，蟾宮折桂**（比喻科舉登第）的搞不好**還是王昌齡**，靠的便是這首《閨怨》：

閨中少婦不知愁，春日凝妝上翠樓。
忽見陌頭楊柳色，悔教夫婿覓封侯。

後來這種風格的詩歌，被稱為「閨怨體」。同一個人居然能在雄渾開闊的邊塞詩、陰柔纏綿的閨怨詩都走到極致，而且能在天才輩出的大唐力壓群雄，奪得這兩面看似難以相容的錦標，讓人對他是否屬於人類產生深深的懷疑。所以，王昌齡得到了另一個更加獨步天下的名號——詩家天子。但這個名號過於霸氣，在君主制時代必會犯忌，因此也有人說這一名號應是誤抄「詩家夫子」，意即他在詩壇的地位類似於孔聖人，那也是很了不得的。

在送別詩的範疇裡，王昌齡則有《芙蓉樓送辛漸》這樣的佳作：

寒雨連江夜入吳，平明送客楚山孤。
洛陽親友如相問，一片冰心在玉壺。

真不知道這傢伙究竟有什麼短處，可見其「七絕聖手」的名號絕非幸致。王昌齡曾因很小的過失，被貶為龍標（今湖南懷化）縣尉。遠在揚州的好友李白聽到這個消息，寫下了名篇《聞王昌齡左遷龍標遙有此寄》：

楊花落盡子規啼，聞道龍標過五溪。
我寄愁心與明月，隨風直到夜郎西。

在王昌齡擔任龍標縣尉期間，正好遇上了安史之亂。他在兵荒馬亂之中，請假回鄉照顧家人，被刺史閭丘曉所殺。當時人們都認為閭丘曉是出於嫉妒，可謂匹夫無罪，懷璧其罪。後來安史亂軍包圍宋州，節度使張鎬倍道馳援的同時，飛檄傳令距離宋州更近的閭丘曉出兵增援。

閭刺史見叛軍勢大，擔心吃敗仗，竟然按兵不動。等張鎬趕到時，宋州已經陷落。張鎬怒不可遏，下令杖殺閭丘曉。行刑之前，閭丘曉用「李鬼」風格的說辭討饒：「我家裡還有八十歲高堂老母需要贍養，請大人饒命！」張鎬反問道：「那王少伯的雙親又讓誰來贍養呢？」閭刺史無言以對，只能服罪。這讓人想起《聖經．馬太福音》中的話：「你們用什麼量器量給人，也必用什麼量器量給你們。」

為何李廣難封

邊塞詩歌充滿了故事。另一位著名的邊塞詩人盧綸，與李端同在大曆十才子之列，著有兩首膾炙人口的《塞下曲》。其中一首用詞淺近，孩童可背：

林暗草驚風，將軍夜引弓。
平明尋白羽，沒在石稜中。

這段傳奇出自《史記》。漢代名將李廣善射。有一次打獵傍晚歸來，遠遠望見草中一塊頑石，因天色昏暗而以為是虎，遂張弓射之，緊張之中用了全力拉弓，結果箭頭深入石中。次日他帶兵來尋找老虎的屍體，走近看才發現，原來自己昨晚射中的是石頭，士兵們都咂舌稱奇。李廣後來又嘗試多次，但再無法將箭射入石中了。中國歷史上聲名顯赫的神射手很多，李廣的名氣之大可以排入前三，招牌就是這手射箭入石。

李廣年輕時曾擔任漢文帝的武騎常侍，多次跟隨漢文帝射獵，在御前格殺猛獸。漢文帝目睹他的勇猛後不禁慨嘆：「惜乎，子不遇時！如令子當高帝（劉邦）時，萬戶侯豈足道哉！」漢文帝本以為國家無戰事，李廣沒有參戰的機會，他是對國內國際形勢估計得過於樂觀了。

李廣一生射殺多隻國家一級保護動物猛虎，更在戰場上射殺敵人無數，匈奴人畏懼的稱他為「飛將軍」，但他一直未能像許多同僚、甚至下屬一樣因功封侯，原因我們在第三章（見第五十三頁）裡提到過。

王勃在《滕王閣序》裡寫道「李廣難封」，為他打抱不平，而王維的「衛青不敗由天幸，李廣無功緣數奇」更具潛臺詞。有人說這句「由天幸」語帶雙關，既有可能是說衛青運氣好，也有可能是暗諷他，一直被喜歡重用外戚的漢武帝罩著。而李廣總是打不了漂亮的勝仗、立不了大功，很多人認為是因為他喜歡逞一己之勇。

李廣酷愛深入敵陣纏鬥，又愛炫耀箭術，不管情況多緊急，非得等敵軍進入近距離範圍才射，雖然箭無虛發，卻因此多次遭到圍困，狩獵猛獸時，也曾因此受傷。從這一點來看，他是猛將之風，而不是大將之風。

李廣最後一次隨大將軍衛青出征時，已經六十多歲。漢武帝本不打算派他出戰，但他幾次主動請戰，最終才獲准許。漢武帝還私下對衛青說：「李廣將軍年紀大了，而且運氣也不好，從前幾次立功的好機會，都沒能把握住，不要讓他做前鋒，直接迎戰單于。」衛青便讓李廣作為偏師，繞道側擊。李廣未能如願作為前鋒，憤而離去，行軍途中又不幸迷路，犯了失期之罪。

他以老將的傲氣，「終不能復對刀筆之吏」，不願受審訊之辱，橫刀自刎。和李廣同行的另一位將軍免死，廢為平民。由此可以推論李廣應該知道自己罪不至死，但關鍵問題在於年事已高，再復出且立功封侯的希望更加渺茫。既然失去了人生的目標，自殺就成了他的歸宿。可見強極則辱，剛過易折，性格決定命運。

李廣的兒子李敢，後來倒是以軍功封侯。他為父親之死遷怒衛青，將其擊傷。衛青在李廣一事上，其實並未做錯什麼，甚為冤枉，但他有大將之風，並未聲張追究，一生都有好涵養。可是衛青的外甥、大名鼎鼎的驃騎將軍霍去病年少氣盛，咽不下這口氣，便在一次狩獵中從背後射殺了李敢。漢武帝盛寵霍去病，只好對外宣稱李敢意外被鹿角觸死。

霍去病對待自己人都像秋風掃落葉，對待敵人更是像嚴冬一樣殘酷無情。他的名言是「匈奴未滅，何以家為（事業不成功就不結婚）」。

有志者事竟成，霍去病果然率領漢軍鐵騎大破匈奴，在狼居胥山舉行了祭天封禮，就是辛棄疾在《永遇樂．京口北固亭懷古》裡那句「封狼居胥」，劍鋒直逼瀚海。經此一戰，匈奴喪膽遠遁，從此「漠南無王庭」。我們一般在二十三歲時大學畢業，霍去病在這個年紀不但建立了前無古人的功業，而且已經病死了，可能是因為殺氣太重的緣故，但英年早逝並不影響他成為後世無數熱血青年的偶像。

瀚海在很多中國古代詩文中，被稱為北海，就是今天俄羅斯的貝加爾湖，當年這是中國的地盤。這種古代地名是中文、但現代地名變成俄文的情況，中國人已經見怪不怪。

春閨夢裡人

李廣的孫子李陵，名氣之大和他的祖父差不多。他曾率五千步兵深入匈奴之境，縱橫大漠，與八萬匈奴主力騎兵作戰，殺敵萬餘，戰鬥力指數高得令人咋舌。後來李陵被敵人重兵圍困，在箭盡糧絕、後援無望之時投降，想著有一天再逃回漢朝。

這種方式在古代並不少見，比較著名的是東晉將領朱序，他一直堅守襄陽城抵抗前秦，一年後城破被俘，投降並在前秦擔任了高官。但朱序身在秦營心在晉，淝水之戰時為東晉做內應，把前秦的軍力配置偷偷透露給東晉，兩軍交戰時還在前秦陣後亂喊「秦軍敗了」，導致前秦軍隊真的大潰敗，為東晉取勝立下了汗馬功勞。朱序回到東晉後繼續在前線抵抗北方外族的侵襲，在歷史上絕對是一位正面人物。

但李陵的這一降，在另一些人眼中卻屬於氣節全無。漢武帝剛開始不知道李陵的本意，並未採取激烈手段。後來朝廷中有人誣陷李陵在幫助匈奴練兵，漢武帝聽信，便殺光了他的三族，李陵自此也絕了歸漢之念。李廣祖孫三代軍人，都是悲劇人生。

在《楊家將演義》中，楊業楊老令公，被遼國大軍圍困在兩狼山，誓死不降、自殺而亡，但歷史上楊業是被俘後絕食而死的。《楊家將演義》的作者，故意將情節安排成他頭撞李陵碑自殺，就是想用李陵的失節，來襯托楊老令公的節烈。

李陵的朋友司馬遷上書為他叫屈，被盛怒的漢武帝施以宮刑。刑餘之人，心灰意冷，發憤寫下了一部偉大的史書《史記》，被魯迅譽為**「史家之絕唱，無韻之離騷」**。因為這複雜的淵源，司馬遷下筆時對李廣、李陵一家在感情上多少有些偏向。

漢武帝對衛青、霍去病、李廣利（漢武帝寵妃李夫人和寵臣李延年的長兄）等外戚，一直偏愛倚重是無疑的；太史公對這點不滿而對李廣一家有同情，以至於存有一點偏向，也是事實。李廣性格中的缺陷，導致他難為大將，舉例來說，他在賦閒時，有一天日落後晚歸，城門守吏按規定沒有開門放他進來，他重新出山後就假公濟私，殺了對方，實在過分。漢武帝雖然性格暴烈，但也是閱人無數的一代雄主，對於衛青的沉穩和李廣的褊狹，他心裡還是有數的。

李陵還有位朋友蘇武，出使匈奴時被軟禁。李陵被漢武帝滅族之後，徹底斷了歸漢的念頭，受匈奴單于之託，親自去對其勸降，但蘇武堅決不降，於是遂被流放到北海苦寒之地牧羊。

漢朝與匈奴和親後，聽說十九年前出使後，便一直杳無音訊的蘇武還活在人間，就派使節到匈奴要人。匈奴單于耍無賴，兩手一攤道：「我這裡沒這個人啊！不信，你大聲叫他名字，看有人答應嗎？」漢使得到當年和蘇武一起出使的副使密告的詳細情況後，便對單于講：「我家皇帝打獵時射得一雁，足上綁有書信，說蘇武正在你們的某某沼澤邊牧羊。」單于無可對答，覺得這大概是天意要幫蘇武吧，只好讓蘇武回到漢朝，這便是成語「鴻雁傳書」的來歷。

蘇武回到漢朝時，手中還緊握著那支牧羊十九年也不離手的旄節（按：古代使臣所持的符節，旄音同毛），儘管上面的毛都掉光了。十九年來，只有這支節杖一直陪伴他，讓他牢記自己的身分和使命，是他的精神支柱。

在文天祥的《正氣歌》裡的「在漢蘇武節」，就是在頌揚他。按照人以群分的理論推測，李陵有這樣兩位朋友，他的人品應該不會太差。順便說一句，《楊家將演義》裡那塊李陵碑，所立的位置就是在蘇武廟內。

關於為了李陵而埋骨大漠的五千士兵，晚唐詩人陳陶寫過一首著名的《隴西行》：

誓掃匈奴不顧身，五千貂錦喪胡塵。

可憐無定河邊骨，猶是春閨夢裡人。

李陵被匈奴重兵包圍，眼見再無勝望之後，安排剩下的將士利用夜色掩護，四散突圍，自己和副將韓延年帶了十餘名將士另走一路，吸引了數千敵騎來追，為其他將士爭取了逃生的機會。即便如此，五千子弟兵中的絕大部分，還是戰死在了無定河邊的沙場。

末尾兩句的處理就像蒙太奇（按：原為建築學術語，意為構成、裝配。可延伸解釋為一種拼貼剪輯手法）：英勇戰鬥到最後一刻的戰士，帶著射入身體的數支利箭緩緩墜入河中，鏡頭隨著他絕望的瞳孔，切換到遠在長安的妻子的春閨，安睡的少婦嘴角露出一絲甜蜜的微笑，因她夢見英俊的夫君，正揚鞭策馬向她奔來。等到她收到丈夫陣亡的驛報時，估計已是數月之後了。詩人對戰爭的反感、對逝者的惋惜、對未亡人的同情，都表達得無比精練而充滿震撼力，這是詩歌才擁有的獨特魅力。

詩人數學家

盧綸《塞下曲》中的另一首，我更加喜歡：

月黑雁飛高，單于夜遁逃。
欲將輕騎逐，大雪滿弓刀。

這首詩既不描寫追擊敵人的過程，也不告訴你最終到底有沒有追上，只描繪了一隊鐵騎即將出發追擊的準備場面。讓人感受到暗夜裡戰馬急促的嘶鳴，看到月光下年輕戰士渴望立功的迫切眼神，如電影畫面般動感十足。

雖然大多數人都評價此詩上佳，但數學家華羅庚教授卻認為很不科學，並且寫了首打油詩來挑剌：

北方大雪時，群雁已南歸。
月黑天高處，怎得見雁飛？

華老質疑月黑之夜應該看不見雁飛，但在靜夜中聽見雁群振翅之聲，就不難想像是被出逃的敵人驚動的，要是連這點推理能力也沒有的話，還怎麼帶兵打仗？數學家雖然嚴謹，但缺乏文學想像力。另外，他認為到了冬雪飄飛之時，秋雁早已南歸，盧綸詩中的季節描寫混亂。其實人家盧綸在這點上也沒犯錯，因為有另外兩位熟悉北方景物的著名邊塞詩人，為他做證。

第一位是岑參，有名句「北風卷地白草折，胡天八月即飛雪」，可見北方的大雪比華羅庚所以為的，要來得早很多；另一位詩人高適在其名篇《別董大》裡也寫過「千里黃雲白日曛，北風吹雁雪紛紛」，明確的描寫了北方雪、雁並存的景象。

華老也許一時忘記了這兩首名詩。如果不去小心求證的話，大數學家也會犯常識錯誤。放在現在，八成會被網友們譏諷為「磚家」。本人對華老十分尊敬，純屬玩笑，以之作為自警而已。

第三部

中唐

以詩明志，完節自高

第十五章

王之渙差點封筆，劉長卿為盛唐分道

高適與岑參在詩中，生動且準確的描繪北方景物，因為他們曾經長年在邊疆生活。這兩位並稱「高岑」，正是盛唐邊塞詩派的代表人物，後世甚至有「高岑詩派」的說法。

邊塞高岑

岑參那首《白雪歌送武判官歸京》，全詩筆力雄渾：

北風卷地白草折，胡天八月即飛雪。
忽如一夜春風來，千樹萬樹梨花開。
散入珠簾濕羅幕，狐裘不暖錦衾薄。
將軍角弓不得控，都護鐵衣冷難著。
瀚海闌干百丈冰，愁雲慘澹萬里凝。
中軍置酒飲歸客，胡琴琵琶與羌笛。
紛紛暮雪下轅門，風掣紅旗凍不翻。
輪台東門送君去，去時雪滿天山路。
山回路轉不見君，雪上空留馬行處。

恐怕只有曾在寒冷冰雪中，佇立目送離人遠去、直到不見身影而內心充滿悵然的人，才能寫出這樣情真意切的尾聯。

岑參的詩歌中有很多是在西域重鎮輪臺所寫，比如《走馬川行奉送封大夫出師西征》：

君不見走馬川行雪海邊，平沙莽莽黃入天。
輪臺九月風夜吼，一川碎石大如斗，隨風滿地石亂走。
匈奴草黃馬正肥，金山西見煙塵飛，漢家大將西出師。
將軍金甲夜不脫，半夜行軍戈相撥，風頭如刀面如割。
馬毛帶雪汗氣蒸，五花連錢旋作冰，幕中草檄硯水凝。
虜騎聞之應膽懾，料知短兵不敢接，車師西門佇獻捷。

陸游評價岑參的詩「筆力追李杜」，雖可能稍嫌過譽，但岑參詩歌的感人之處，以及陸游對他的偏愛都是非常明顯的。而在陸游的詩歌中，筆者最喜歡的，恰好也是和輪臺有關的《十一月四日風雨大作》。陸游寫此詩時，已經年近七旬，但一股英雄氣概依然撲面而來：

僵臥孤村不自哀，尚思為國戍輪臺。

夜闌臥聽風吹雨，鐵馬冰河入夢來。

岑參的詩歌除了慷慨豪邁，也有俠骨柔腸。大家可以體會這首邊關將士懷土思親的《逢入京使》，看看什麼叫作「口信」：

故園東望路漫漫，雙袖龍鍾淚不乾。
馬上相逢無紙筆，憑君傳語報平安。

與岑參齊名的高適，據說**四十歲才開始寫詩**，卻成為唐朝第一流的邊塞詩人，而且算得上名詩人中仕途得意的。他因在平定安史之亂中立下功勛，後來官至常侍，爵至封侯。《別董大》正是他的傑作：

千里黃雲白日曛，北風吹雁雪紛紛。
莫愁前路無知己，天下誰人不識君。

此詩胸襟開闊，寫別離而無纏綿幽怨，反倒盡顯慷慨豪邁，堪與王勃「海內存知己，天涯若比鄰」的境界媲美，同為送別詩中的極品。

失之子羽

插一段題外話。岑參《走馬川行奉送封大夫出師西征》中的這位封大夫，是指唐朝少數民族名將封常清。他身材細瘦、斜眼跛足，年過三十還沒沒無聞。後來的「山地之王」高仙芝在安西四鎮初掌兵馬時，封常清看出他將來必成一代名將，便修書一封投遞過去，想當他的儀仗隨從。

高仙芝來自高句麗，是韓國單眼皮帥哥們的祖先。《舊唐書》裡說他「美姿容，善騎射」，出身將門，自己二十歲即拜為將軍，是年輕有為的高富帥。他一看封常清的顏值這麼低，還想進儀仗隊，就很乾脆的拒絕了。封常清生氣的譴責道：「我欽慕將軍高義，願效犬馬之勞，所以才沒有舉薦人也要毛遂自薦。您為什麼拒絕我呢？難道不怕『以貌取人，失之子羽』嗎？」

無奈每個時代都是要看臉的，高仙芝還是不理他。封常清就每天從早到晚守在高仙芝的門口，只要他一進出，就跑去騷擾求職。高仙芝不勝其煩，只好給了他這份工作。之後封常清果然成為高仙芝的得力助手，輔佐他為大唐掃平西域，自己也因功一直升到節度使而獨當一面。

高封兩人在安史之亂時，一起駐守長安門戶、重鎮潼關，因宦官邊令誠向唐玄宗進讒言，兩位名將同日被殺，朝廷自毀長城。接替他們的另一位名將哥舒翰被迫出戰，兵敗被俘後潼關失陷。唐玄宗接到消息，立刻遠逃四川。

「以貌取人，失之子羽」出自《史記》。孔子門下有很多弟子，其中一位名叫宰予，能說會道、言辭犀利，夫子對他的第一印象很好。但宰予慢慢露出了懶惰的毛病，大白天翹課，偷偷躺在床上睡懶覺，把夫子氣得大罵「朽木不可雕也」。

孔門的另一位弟子名叫澹臺滅明，字子羽，相貌很醜陋，夫子對他的第一印象很差，認為他資質低下。但他畢業離開後，對夫子的教導身體力行，處事光明正大，而且很會教學生，在各國諸侯中的聲譽非常高，所以孔子多年後感慨道：「**吾以言取人，失之宰予；以貌取人，失之子羽。**」

明朝有位複姓澹臺的勇士，很尊崇他這位著名的祖先，就取了個同樣的名字，以至於很多人誤以為他的志向是要滅掉大明，神經極度緊張，詳情可見梁羽生先生的名著《萍蹤俠影錄》。

旗亭畫壁

前文提到高適有一個體驗農家樂趣的旅遊群組，其中包括李白和杜甫，他還幫李白向宗煜小姐提過親。其實高適還有一個邊塞詩人的小圈圈，包括王昌齡和王之渙。

王之渙，字季凌，年紀和孟浩然接近，比王昌齡和高適大十歲多。但大家最開始熟悉王之渙，可能並不是因他最負盛名的邊塞詩，而是因小學語文課本裡的《登鸛雀樓》：

白日依山盡，黃河入海流。
欲窮千里目，更上一層樓。

這是王之渙婦孺皆知的作品，卻不是藝術成就最高的。其藝術成就最高的作品，可以透過一個他們的吃喝故事引出來。

開元年間某天傍晚，在洛陽城內的旗亭酒家，只見幾個文藝青年勾肩搭背的走進來，店主抬眼一看，原來是王之渙、王昌齡、高適這三位酒肉朋友。三人都以邊塞詩馳名，慢慢就結成了吃飯團，經常在一起耍廢。

一番推杯換盞、酒足飯飽之後，這幾位青年才開始琢磨，這頓飯讓誰買單。以前筆者和朋友經常用轉盤做決定：轉盤停下來時，勺子的長柄正對哪位，這頓飯就由他請客。而文藝騷人的解決方法，當然不能這麼俗氣了。

旁邊桌上是一群梨園子弟正在聚會，大家一邊撫琴，一邊吟唱剛出爐的流行熱歌（唐詩）。王之渙靈機一動，遂提議：「我們三個在詩壇向來齊名，一直難分高下。今日無須自吹自擂，就讓梨園決定吧？」王昌齡與高適狐疑道：「怎麼決定？」王之渙嘿嘿一笑：「等她們開始唱起來，看看誰做的詩被唱到的最多，就算拔得頭籌，輸家付帳。」王昌齡和高適都超有信心，齊聲道：「如此甚好！」

三人計議方定，只見幾位沉魚落雁、閉月羞花的美人兒，抱著琵琶越席而出。第一位紫衫姑娘清清嗓子，咿咿呀呀的唱了起來：「寒雨連江呀……夜入吳，平明送客呀……楚山孤。洛陽親友如相問，一片冰心在玉壺。」王昌齡得意揚揚的提起筷子，在牆壁上畫了一道橫線：「承讓，在下占先啦。」第二位白衣女子隨即開聲：「千里黃雲白日曛，北風吹雁雪紛紛。莫愁前路無知己，天下誰人不識君？」高適嘿嘿一笑，也拿筷子在牆壁上畫了一道橫線：「嗯，這是俺的。」

大家都能想像，就像在評委投票中暫時落後的選秀歌手，現在最緊張的就是王之渙。第三位黃裘小妹開口了：「青海長雲暗雪山，孤城遙望玉門關。黃沙百戰穿金甲，不破樓蘭終不還。」王昌齡哈哈大笑：「不好意思啊！」提筷在牆上又畫了一筆，四票中已得二票，穩操勝券進入安全區，順便觀察王之渙臉色。

三人之中王之渙年紀最長，成名也最早，此時臉上實在掛不住，便恨恨的道：「這幾個女子都只懂下里巴人（按：原指戰國時代楚國的民間通俗歌曲，後泛指通俗的文學藝術），豈懂得陽春白雪（按：精深高雅的文學藝術作品）？」手指一抬，指向最後那位一襲青衫的絕色女子：「這位壓軸的美女衣飾品味最高。她所唱之曲如果不是我的詩作，我從此就封筆不作詩了！」

王之渙這大話一經出口，自己的掌心也偷偷冷汗直冒。青衫女子玉口微張：「黃河遠

▲《登鸛雀樓》並非王之渙藝術成就最高的作品，卻婦孺皆知。

上啊……白雲間……」王之渙不禁吐出一口長氣：「美女妳就是我的親娘啊！」因為這正是他的名作《涼州詞》。只聽得青衫美女曼聲唱道：

黃河遠上白雲間，一片孤城萬仞山。
羌笛何須怨楊柳，春風不度玉門關。

好容易等到她這一曲唱罷，王之渙按捺不住一拍桌子：「好詩！」三人齊聲拊掌大笑，美女們被嚇了一大跳，心想：「這些人是喝酒喝太多嗎？」問明情由後，方知近在眼前的人，居然是心中的偶像們。這就好比你在KTV唱歌，突然在旁邊叫好的，是你愛的偶像，肯定會又驚又喜的大喊「這頓我請」，所以美女們紛紛要求才子們在衣衫上簽名，並合影留念，幫偶像付酒錢。雙方遂兩桌並作一大桌，再次吆五喝六，直至夜深方盡興而散。

轉詩為詞

「旗亭畫壁」的故事重點是要誇獎王之渙，但我們看到王昌齡在四首中贏了兩首，無愧其七絕聖手之譽。而蒙青衫美女選唱王之渙的得意之作，並非僥倖。在筆者個人評價中，此詩可以列入唐人七絕的前五名。如果畫像一首詩，必是好畫；如果詩像一幅畫，必是好詩。

《涼州詞》氣象壯闊蒼涼，畫面感極強，本身就是一幅絕佳的塞外山水圖。歷代很多畫家皆大愛此詩，常常為之作畫。

相傳清朝末年，慈禧太后得了一把畫有塞外風光的好扇，遂交給一位書法家題寫自己最愛的《涼州詞》。老先生誠惶誠恐，書寫時竟然一不小心漏掉「黃河遠上白雲間」的間字。這個教訓告訴我們，越緊張越容易壞事。當時可不像今天，滑鼠移回去再添個字即可。

西太后喜怒無常，她的名言是「誰讓我一時不痛快，我就讓他一輩子不痛快」。所以到了進獻御扇這天，老先生明白自己惹下殺身之禍，深知此行凶險至極，囑咐家人先備好了棺木，再進宮獻扇。慈禧一看扇子，果然大發雌威：「老東西竟敢少寫一字，難道是欺我沒有學識嗎？推出去砍了！」老先生忙道：「老佛爺息怒！當日王季凌寫成《涼州詞》後，一友人戲曰：『此本屬詩，為何偏要說成詞？』王季凌答道：『因筆誤，多寫了一個間字，大家便把它當作詩了。』不信老佛爺請聽。」遂唸道：

黃河遠上，白雲一片，孤城萬仞山。
羌笛何須怨？楊柳春風，不度玉門關。

慈禧雖然凶殘，但能掌權半個世紀，那是何等聰明的人物，心想：「事已至此，扇已不能復原，空殺人也是無益，虧他能想出這一著，倒是可以成為一段佳話，我又何苦枉做惡人？」稍作沉吟後，便命令人賜老先生黃金百兩壓驚。老先生磕頭謝恩而退，後背衣衫已被冷汗浸透。真是有**文化不僅可以賺錢，關鍵時刻還可以救命**。

左宗棠收復新疆後，因為從小生活在綠樹成蔭的湘江之濱，對西北大漠的乾燥氣候和植被荒蕪很不習慣，於是率領瀟湘子弟兵在沿途遍栽柳樹，並且所到之處都大力動員軍民植樹造林，後來人們便將左宗棠宣導所植的柳樹，稱為「左公柳」。楊昌濬為此寫下一首《恭頌左公西行甘棠》：

大將籌邊尚未還，湖湘子弟滿天山。
新栽楊柳三千里，引得春風度玉關。

此詩反王之渙《涼州詞》詩意而寫，可算是有清一代（按：即清代，有置於名詞前，作音節襯字）詩詞中的佳作。可楊昌濬出名並非因為這首詩，而是因為他就是錯判「楊乃武與小白菜（按：清末四大奇案之一）」冤案的昏官。

五言長城

前文曾提到，李白因為在永王事件中，站錯了隊而被流放夜郎，經過黃鶴樓時和朋友史欽小聚，寫下了《與史郎中欽聽黃鶴樓上吹笛》，自感與被貶長沙的賈誼同病相憐。當李白在流放途中遇赦返回時，途中又遇到了另一位小朋友劉長卿。

劉長卿比李白年輕二十多歲，因為「剛而犯上」，被貶官南巴（今天的廣東電白），途經江西餘干時，正巧遇到李白。當時李白能夠從蠻荒之地回到繁華的中原，其心情可以用在這次歸途中寫下的《早發白帝城》來描述：

朝辭白帝彩雲間，千里江陵一日還。
兩岸猿聲啼不住，輕舟已過萬重山。

李白是遇赦之人，心情如輕舟般歡快，情不自禁喜形於色；而劉長卿卻要從中原奔赴祖國的偏遠地區繼續革命。兩人一去一回的巨大反差，使得劉長卿頗為感慨，寫下了《將赴南巴，至餘干別李十二》：

江上花催問禮人，鄱陽鶯報越鄉春。
誰憐此別悲歡異，萬里青山送逐臣。

從此詩中我們也可以看出來，李白可能充分表達了自己回家的歡樂，基本沒有顧忌劉長卿被遠謫的心情，所以劉長卿很鬱悶的寫出「誰憐此別悲歡異」之句，可見李白在此事上情商不是很高。

無獨有偶，劉長卿的代表作，恰恰也是和賈誼有關的《長沙過賈誼宅》，因為他和賈誼一樣是被誣陷貶官的：

三年謫宦此棲遲，萬古惟留楚客悲。
秋草獨尋人去後，寒林空見日斜時。
漢文有道恩猶薄，湘水無情弔豈知？
寂寂江山搖落處，憐君何事到天涯！

被認為是有道明君的漢文帝，對賈誼尚且這樣薄恩，言外之意就是，當今天子不如漢文帝，會這樣對待我也就不足為奇了。屈原當年被放逐的時候，不會知道一百多年後，賈誼來到湘水之濱憑弔自己，而寫下名篇《弔屈原賦》；當時的賈誼同樣不會知道，近千年後有劉長卿也來到同樣的地方憑弔他，而寫下名篇《長沙過賈誼宅》。憐君，不僅是憐賈誼，更是憐自己：您和我明明都是無罪的，為什麼要被放逐天涯呢？

司馬相如因為仰慕「完璧歸趙」的藺相如，所以也為自己取一樣的名字。有人說藺相如是趙國的上卿，所以司馬相如取字長（按：音同掌）卿。劉長卿因為仰慕司馬相如，就用他的字作為自己的名。劉長卿，字文房，元朝有位姓辛的西域詩人因仰慕他，而給自己起漢名為文房，這位辛文房就是《唐才子傳》的作者。希望這一連串淵源沒有讓你眼花繚亂。

劉長卿敢拿前代大才子的字作為自己的名，性格自是恃才傲物。他每次寫好詩後，題名只寫長卿二字，有人詫異的問他：「先生為何從不在長卿前加劉字呢？」他詫異的反問：「何必呢？難道天下還有誰不知『長卿』就是我劉長卿嗎？」

時人稱劉長卿為「五言長城」，意思是他的五言詩冠絕當代。我們來欣賞一下他這首入選語文課本的《逢雪宿芙蓉山主人》：

日暮蒼山遠，天寒白屋貧。
柴門聞犬吠，風雪夜歸人。

詩句淺顯生動，小學生都能明白其含義。但暮、寒、貧等詞所表現出的冷暗情調，**反映出大唐王朝由盛轉衰的時代氣象**。明朝學者、詩人和文藝評論家胡應麟認為，正是從劉長卿開始，唐詩進入中唐時代，「與盛唐分道矣」。

楓橋夜泊

劉長卿做御史時，與同事張繼結為至交好友。張繼是一位清官，因為家境不富裕，逝世時託孤給劉長卿。劉長卿在《哭張員外繼》中寫道「世難愁歸路，家貧緩葬期」，看樣子因安史之亂影響，家庭經濟窘迫，張繼死後都未能及時歸葬故園。

張繼流傳下來的詩很少，我們今天對他的大名還能如雷貫耳，都是靠那首堪稱千古絕唱的《楓橋夜泊》：

月落烏啼霜滿天，江楓漁火對愁眠。
姑蘇城外寒山寺，夜半鐘聲到客船。

詩中的景物描寫與作者的旅愁心情，搭配得天衣無縫，藝術境界成為後世典範。據傳唐武宗酷愛此詩，命巧匠精心刻製一塊詩碑，準備駕崩後將其帶入地宮陪葬，還特別叮囑要放置於靈柩之首，可能打算閒著沒事就睜眼看看。他臨終前還頒布了一道遺詔，宣布《楓橋夜泊》一詩，只有他才能在石上刻字、賞析，後人不准仿效，否則必遭天譴。

人類對死亡非常無知，所以才做出這種冷幽默的事情。唐太宗將王羲之《蘭亭集序》真跡帶走陪葬之前，總算還留下了諸多摹本，唐武宗算是將祖先的獨占欲發揚光大了。

第十六章

昔日依依章臺柳，春城無處不飛花

劉長卿和比他小十歲的韋應物是好朋友，兩人經常在一起焚香撫琴、作詩飲酒。韋應物擔任過蘇州刺史，所以人稱「韋蘇州」，他寫得最好的是山水詩，在語文課本中能找到他的名作《滁州西澗》：

獨憐幽草澗邊生，上有黃鸝深樹鳴。
春潮帶雨晚來急，野渡無人舟自橫。

後人評論道：「寬閒之野，寂寞之濱，必有濟世之才，如孤舟之橫野渡者，特君相之不能用耳。」公認的一流好詩，常常是**表面寫景，實則言志**。

和尚道姑

韋應物喜歡邀請詩友到府上吟詩作對。當時有位法號皎然的詩僧，俗姓謝，據說是「才高一斗」謝靈運的十世孫，與茶聖陸羽、大書法家顏真卿都是好友，也想混進韋蘇州的詩文圈子。

韋應物是山水田園派的長老之一，其詩風淡泊清新；而皎然和尚的詩風則比較雋麗。年輕人去拜訪已經居於高位的前輩文人，應該呈上自己的詩稿作為敲門磚，皎然和尚為了得到韋刺史的欣賞，決定投其所好。他找來幾首韋應物的詩，一番揣摩，幾天構思，按此風格模仿出來十幾首，便胸有成竹的上門拜訪。韋應物聽說是交遊甚廣的詩僧皎然，寒暄之後便很期待的開始仔細翻閱詩稿，不料一邊讀嘴角一邊向下拉，臉色越變越難看，很快就端茶送客了。

被冷遇的皎然和尚回去之後，越想越不服氣，第二天帶了得意舊作再次拜會刺史大人。韋應物極為勉強的接待他，出於禮貌翻開詩稿草草讀了一、兩首，這次卻是一邊讀、嘴角一邊向上翹，臉色越變越好，擊節讚嘆：「真是好詩！大師昨天為什麼不把這些詩拿出來呢？」皎然苦笑道：「貧僧聽說大人喜歡淡泊清新，所以不敢拿出這些風格迥異之作。」韋應物哈哈大笑：「大師昨天拿出的詩，風格和我類似，水準卻遠不如我，讓我險些以為您是浪得虛名之輩。今天您把自己擅長的展示出來，雖然跟我努力的方向不同，但確是好詩啊！」皎然聽了，對韋應物的鑑賞眼光大為折服，兩人從此結為好友。

皎然和尚是佛門茶事的集大成者，也是茶文學的開創者，不過流傳下來的作品沒有特別的名篇，倒是傳說與他有段緋聞的美女李冶，有幾句詩被後人記住。

李冶，字季蘭，才貌雙全，與薛濤、劉采春、魚玄機，並稱為唐代四大女詩人。高仲武（生平不詳，有觀點認為可能就是高適，因為高適字仲武）對其評價為「上比班姬（西漢著名才女班婕妤）則不足，下比韓英（南朝齊國女作家韓蘭英）則有餘」。她是當時名聞天下的交際花，四十多歲時還被唐玄宗召入宮，晚年尚被唐德宗稱為「俊媪」，可見的確是美人。李冶最廣為人知的作品是《八至》：

至近至遠東西，至深至淺清溪。
至高至明日月，至親至疏夫妻。

此詩運用了比興的手法，以前面三句引出最後一句詩眼。從感情、身體和利益各個方面來看，夫妻關係都應該是世界上距離最近的「至親」；但不相愛的夫妻同床異夢，又是最難彌合的「至疏」。甄嬛曾對皇帝唸過此詩，心中所想不言自明。

詩句洞悉世態人心，所以人們以為作者是一位婚姻生活經驗豐富的女性，不然怎得認識得如此透徹。但事實上，李季蘭是一位終身未嫁的道姑。這世界上原來真有人能把自己並未體驗過的事，總結得令有經驗的人都佩服，實在匪夷所思。

李唐皇室為了提高自己的身價，宣稱是道家始祖老子的後人，尊崇道教，因此有唐一代道教盛行，道士地位較高。從皇室的嬪妃公主、達官貴人的妻女到民間女子，如果遁入空門的話，大都選擇做道姑。她們躲在清幽之地，生活方式相對自由。李季蘭十一歲被父親送入道觀，成人後擅長吟詩作賦，與當時一眾名士交往唱酬，全無小女子羞澀之態，劉長卿讚譽她是**「女中詩豪」**，可見唐代的社會風氣非常開放。

李季蘭有一次臥病在床，茶聖陸羽專程遠道來看望她，她十分感動，於是寫一首《湖上臥病喜陸羽至》。陸羽雖然非常有品味，但本人的相貌不大對得起觀眾。他還介紹了另一位朋友給李季蘭，就是帥哥皎然和尚。陸羽、皎然、李季蘭三人常常在一起烹茶談詩，一來二去，李季蘭竟不知不覺對皎然動了心。

道姑喜歡上和尚，大家還能想像出比這更有喜感的愛情嗎？還好皎然和尚心如止水，任妳美貌道姑風情萬種，他總是低眉順眼，口中不住聲的唸「我佛慈悲」，不為對方的美色才情所動，還寫下**《答李季蘭》**：

天女來相試，將花欲染衣。
禪心竟不起，還捧舊花歸。

這正是「禪心已作沾泥絮，不逐春風上下狂（出自北宋詩僧道潛的《口占絕句》）」，李季蘭最終與女兒國國王、玉兔精等美女同病相憐，沒吃到唐僧肉。

涇原兵變時，唐德宗李適倉皇出逃，亂軍攻陷長安，擁立解職將領朱泚（按：音同此）為帝。當朱泚自立為帝後，李季蘭呈詩給朱泚，且有密切的書信來往。

朱泚想拉攏名臣段秀實支持自己。段秀實一生為國征戰，在平定西域和安史之亂中都立有大功，爵至張掖郡王，後來因唐德宗聽信讒言而被貶斥，朱泚以為他必對朝廷心懷怨憤而幫助自己。段秀實在朝堂之上手無兵器，卻趁著朱泚對他戒備鬆弛之際，順手奪來一塊象牙朝笏來擊打朱泚。被擊中額頭、血花四濺的朱泚惱羞成怒，命人圍殺了段秀實。文天祥在《正氣歌》裡，讚頌段秀實「或為擊賊笏，逆豎頭破裂」。

朱泚敗亡後，唐德宗回朝，將李季蘭召來責備道：「妳縱然不能學段秀實，總可以學嚴巨川吧？為何為逆賊朱泚獻詩呢？推出去殺了！」李季蘭就這樣香消玉殞了。

嚴巨川的生平不詳，他雖然在叛軍凶焰之下臣服，但內心又不甘，便作詩道：

煙塵忽起犯中原，自古臨危貴道存。
手持禮器空垂淚，心憶明君不敢言。

此詩主旨類似前文提到的王維的《凝碧詩》，作者因而得到了皇帝的諒解。而李季蘭獻給朱泚的詩，近年從俄羅斯所藏的敦煌詩集殘卷中被發現，其中有兩聯是「九有徒口歸夏禹，八方神氣助神堯……聞道乾坤再含育，生靈何處不逍遙」，居然將朱泚比作大禹和堯帝，馬屁拍得實在太高調，也難怪唐德宗憤怒。在無力反抗的脅迫之下，沉默可以被諒解，但高調頌揚總令人難以接受。

寒食東風

從唐德宗對嚴巨川和李季蘭詩作都如此熟悉，我們可以看出他很留意當時詩人的作品，這不奇怪，因為他的生母便是吳興才女沈珍珠。

唐德宗缺少一位為自己起草文告、命令的官員，中書省請示該用誰，唐德宗御筆批示「用韓翃（按：音同紅）」。組織部的人才名單裡有兩個人都叫韓翃，中書省不知皇帝要用的是其中哪一位，只好又將這兩人的履歷同時報了上來。唐德宗也不看卷宗，搖頭晃腦、抑揚頓挫的吟誦了一首詩：

春城無處不飛花，寒食東風御柳斜。
日暮漢宮傳蠟燭，輕煙散入五侯家。

「這首《寒食》你們聽過嗎？就用寫『春城無處不飛花』的韓翃。」韓翃就這樣被皇帝定下來了。

韓君平寒食步輕煙

相傳寒食節是春秋五霸之一的晉文公重耳，規定用以哀悼介子推母子葬身綿山大火的紀念日。重耳流亡期間，介子推曾經為他割股充飢。重耳歸國成為晉君，分封群臣時偏偏忘記了介子推。子推不願誇功爭寵，攜老母隱居於綿山。

後來晉文公想起這位被自己忽略的功臣，於是親自到綿山恭請。但子推不願為官，躲藏不出。晉文公命手下放火焚山，想逼他出山，不料子推和母親抱著一棵大樹被活活燒死。晉文公痛悔不及，下令每年的這一天，全國一律禁火。

此後寒食節禁火的規矩一直流傳下來，唯獨皇宮中可以燃燭，而且皇帝會賜蠟燭給親近的重臣家，受到賞賜的這家也就可以燃燭了，真是名副其實的「只許官家傳燭，不許百姓點燈」。韓翃不談當下的唐朝，而說「日暮漢宮傳蠟燭」，讀者就都明白了。該詩描繪了帝都的春色，刻畫了皇室的氣派，歌詠了承平盛世，一派和諧溫情，所以深得從皇帝到高官的喜愛。

漢朝的「五侯」，一般認為是指漢成帝生母、皇太后王政君的五位兄弟，他們盡皆封侯，恩寵非常，令人豔羨。但歷史不會就此停步，正因為王太后增加自己娘家的權勢，她的侄兒王莽，借著這個大好形勢，刻意謙恭儉讓、禮賢下士，在朝野建立盛名，後來篡漢自立新朝。白居易有一首《放言》，便是感嘆看人之難，畫虎畫皮難畫骨，知人知面不知心：

贈君一法決狐疑，不用鑽龜與祝蓍。
試玉要燒三日滿，辨材須待七年期。
周公恐懼流言日，王莽謙恭未篡時。
向使當初身便死，一生真偽復誰知？

這樣看來，只有時間才能讓人的品行，慢慢的顯露清晰，而最終只有蓋棺才能定論，有些甚至蓋棺後還要被千秋爭議。別看許多領導昨天還在臺上侃侃而談，只要身上還沒蓋了黨旗、送入八寶山革命公墓，說不定哪天就被反腐揪出來，不再被承認為忠誠的無產階級革命戰士了。

王莽的篡位，不但讓漢朝歷代皇帝們痛哭九泉，也讓自己的親姑姑王政君悔不當初。當王莽派人去向王政君索要傳國玉璽時，氣急敗壞而又無可奈何的王太后，將玉璽狠狠的摔在地上，使得玉璽崩碎了一角，**這便叫「寧為玉碎」**。當年秦昭王心疼和氏璧，不敢讓藺相如摔一下，沒想到最後還是被王太后給摔了，看來和氏璧終是躲不過命中這一劫。若你不知道這個傳國玉璽就是和氏璧，那我們就穿插一段題外話，幫大家梳理一下和氏璧的故事吧。

和氏璧

提到和氏璧，多數人可能先想到語文課本裡的《完璧歸趙》或《芈（按：音同米）月傳》。相傳春秋時，楚國人卞（按：音同變）和在荊山上砍柴，偶然發現了一塊難得的玉璞，於是趕到都城獻給楚厲王。楚厲王讓宮中的玉匠鑑別，玉匠掃了一眼便說：「只是一塊普通的石頭嘛。」楚厲王大怒，認為卞和是騙子，下令拖出去砍了他的左腳。

楚武王登基後，卞和拄著拐杖艱難的走到都城，再次捧著玉璞進獻。楚武王讓玉匠鑑別，玉匠依舊只是掃了一眼說：「確實只是一塊普通的石頭而已。」於是楚武王下令將死不改悔的騙子卞和拖出去，把他的右腳也砍了。楚文王登基後，失去雙腳，且已是風燭殘年的卞和，抱著他心愛的玉璞，在荊山腳下哭泣了三日三夜，眼淚流盡後，甚至流出血來。

此事傳入楚文王耳中，楚文王差人去問卞和：「楚國因為犯罪而被砍足的人多得是，為什麼就你哭得如此悲傷呢？」卞和答道：「我之所以如此悲痛，並不是因為被砍掉雙腳，而是因為稀世寶玉被當作石頭，忠貞之士被當作欺君之人。我是為君王悲哀，為國家悲哀啊！」楚文王便命人將卞和帶到宮中，讓玉工當面剖開玉璞，果然得到了一塊稀世的無瑕美玉。楚文王感嘆不已，重賞了卞和，並且為了嘉獎他的忠義，而將此玉命名為「和氏璧」，奉為國寶珍藏起來。

從上述三位楚王的謚號，我們就能看出他們之間的區別：殺戮無辜曰「厲」，暴虐無親曰「厲」；刑民克服曰「武」，誇志多窮曰「武」；慈惠愛民曰「文」，修德來遠曰「文」。

後來，越國吞併了吳國，楚國又吞併了越國，從而囊括了長江以南的土地，國土面積為諸侯之冠。楚威王因相國昭陽滅越有功，將和氏璧賜給他。昭陽得意揚揚的宴請賓客，大秀這件國寶，沒想到和氏璧竟在宴席中不翼而飛，可見從古至今做事情太高調都沒啥好結果。

昭陽懷疑是當時正在楚國遊說的張儀，因家境貧窮而偷竊了和氏璧，反正這人沒什麼背景，在毫無證據的情況下，對他嚴刑拷打。張儀莫名其妙的蒙此不白之冤，還好了解楚國的執法是抗拒從寬、坦白從嚴，堅決不承認偷了和氏璧，昭陽無奈，最終只好放了他。

其實張儀並非沒有背景的人，在演義故事裡，他可是來自一個超級強悍的門派。他的三師兄是《三字經》裡「錐刺股」蘇秦，提出「合縱」而身佩六國相印，使強秦十五年不敢出函谷關；二師兄名叫龐涓，當過魏國的兵馬大元帥；大師兄是大名鼎鼎的孫臏（本名不可考，因受過臏刑，故稱孫臏），先是在「田忌賽馬」的故事裡用策略贏得三局兩勝，又用「圍魏救趙」之計，幹掉陰險毒辣、謀害於他的龐涓。而這些大牛人共同的師傅，正是傳說中那位貌似神仙的鬼谷子。被喻為縱橫家之鼻祖。

重傷的張儀回到家中，老婆很是心疼，埋怨他不好好在家裡呆著，一天到晚在外面遊說，受辱都是自找的。張儀也不反駁，張開嘴巴問老婆：「快幫忙看看，我的舌頭還在嗎？」老婆聽了哭笑不得：「舌頭若不在，你如何說得了話？」張儀撫胸嘆道：「那就足矣！只要我的三寸不爛之舌還在，早晚有出人頭地之日。」這個典故就叫作「留舌示妻」。

打不死的張儀輾轉來到秦國，受到秦王的重用，兩度拜相。靠著他的三寸不爛之舌，在六國之中翻雲覆雨，謀魏、誆楚、惑齊、欺韓、騙趙、誘燕，打散合縱、建立連橫，削弱山東六國，為秦國的益發強大立下了汗馬功勞，還幫助秦國把楚懷王騙得團團轉而國力大損。楚國為找回一件國寶，得罪了一位活的國寶級人才，最後兩樣都沒留住，再也沒有比這更不划算的買賣了。

屈原曾勸楚懷王不要相信張儀，但昏庸的懷王不聽，吃了大虧。秦將白起攻破郢都後，屈原覺得這種君王難以壯大祖國，傷心絕望之下投汨羅江自盡，搞得我們至今每年都在端午節划龍舟、吃粽子，和氏璧也算是極為間接的為現代人貢獻端午小假期。

和氏璧銷聲匿跡幾十年後，突然有一天在趙國出現了，而且消息很快傳到了秦昭王的耳中。秦王覬覦這件稀世之寶，便派人送信給趙王，表示願意用十五座城池，來換取和氏璧（此為「價值連城」的典故）。趙王明知秦國想強取豪奪，但又不敢拒絕，只好派藺相如捧璧出使秦國。

智勇雙全的藺相如身入虎狼之秦，與秦王面折廷爭，甚至當場威脅要將和氏璧砸碎，秦王拿他毫無辦法。隨後，藺相如偷偷派人將絲毫未損的和氏璧，送回趙國，他本人也得以全身而退。這便是大家所熟知的「完璧歸趙」的故事。

秦始皇嬴政滅六國完成統一大業之後，終於得到了曾祖父秦昭王當年垂涎欲滴的和氏璧。歷史上一般認為，**秦始皇用和氏璧製成了傳國玉璽**，方圓四寸，其上紐交五龍，正面刻有丞相李斯所書「受命於天，既壽永昌」八個篆字。劉邦入咸陽滅秦，被趙高扶立上秦王（注意，退回到「王」，不再是「皇帝」）之位的子嬰，獻上玉璽。楚漢之爭後，它最終成了漢朝的國寶，一直傳到王太后手中。王莽搶到缺了一角的傳國玉璽後，有一個巧匠用黃金將其補好，沒想到修補後越發光彩耀目，遂美其名曰「金鑲玉璽」。這也是「金鑲玉」的由來。

漢末董卓之亂時，孫堅率軍攻入洛陽，在一口井中尋到了傳國玉璽。可能以為天命在己，想太多就做錯事，結果他被荊州劉表幹掉了。孫堅的兒子小霸王孫策白手起家，用玉璽向袁術換了兩千兵馬，從此縱橫江東，奠定了後來三國中東吳的基業，再次驗證了「興盛不是靠死的寶貝，而是靠活的人」這一牢不可破的真理。

隨後魏、晉、隋、唐歷代皇朝更迭，傳國玉璽都是鎮國重器。後晉石敬瑭攻陷洛陽時，後唐末帝李從珂和後妃們在宮內自焚，把所有御用之物都投入火中，和氏璧自此不知所蹤。晉高祖石敬瑭向契丹自稱「兒皇帝」，他留在歷史上的兩大成就，一是創造出兒皇帝這個遺臭萬年的名詞，二是**弄丟了國寶和氏璧**。做人能負能量到這個地步，也算難得。

章臺柳，章臺柳

簡述完和氏璧的跌宕傳奇，接下來聊聊韓翃的愛情故事。

韓翃，字君平，靠那首《寒食》輕鬆躋身「大曆十才子」之列，與前文提到的盧綸、李端齊名。他年輕時到長安考進士，與一位土豪李生結成了好友。李生有個愛姬柳氏，號稱容貌「豔絕一時」，更難得的是言談風趣幽默，還善於吟詩作賦。柳氏見過韓翃之後，很欽慕他的才情，便對李生說：「韓公子雖然現在只是一介白丁，但與他交往的都是一時名士，將來必定有出頭之日，所以您應該對他好一點。」一般人聽到愛姬說這樣的話，只怕會打翻醋罈子，沒想到豪邁的李生索性成人之美，將柳氏贈給了她心儀的韓翃公子，還慷慨解囊，資助三十萬錢，幫兩人操辦了一場風風光光的婚禮，**唐朝人的開朗性格，真是令人喜歡**。

第二年，韓翃果真考中了進士，自然要回趟老家省親報喜。不過，因為時局動盪，韓翃不敢帶著美貌的柳氏趕路，只能將她暫時安頓在長安。隨後安史之亂爆發，兩京淪陷，夫妻間就此失去聯繫。韓翃每年都派人回長安尋找柳氏，但接連三年都沒有成功。

等到唐肅宗收復長安時，韓翃正擔任緇青節度使侯希逸府中的書記。他再次派人回長安去尋找柳氏，但既不知道她是否還健在安好，也不知道她在亂世中是否已經變心跟隨他人，便讓信使帶去一袋碎金，袋上題了這首《章臺柳》：

章臺柳，章臺柳，昔日依依今在否？
縱使長條似舊垂，也應攀折他人手？

「章臺」是戰國時秦國都城咸陽所建的宮殿，借指長安。「章臺柳」即暗喻長安柳氏。

重疊兩次呼喚，表現出作者尋人的急切之心。全詩用了兩個問句來試探對方，第一句問對方是否還在人世，第二句問對方是否已經改嫁，寫信人惴惴不安的心情躍然紙上。「昔日依依今在否」之句，依稀可見《詩經．小雅．采薇》中的名句「昔我往矣，楊柳依依；今我來思，雨雪霏霏」的美麗剪影。

這次的信終於送到了柳氏的手中。原來柳氏心知自己貌美獨居，在亂世中十分危險，便到法靈寺中落髮寄居，即使這樣還是被蕃將（按：吐蕃人的將領）沙吒利發現並劫走了。沙吒利十分寵愛柳氏，捧在手裡怕摔了，含在嘴裡怕化了，但柳氏依然心繫夫君韓翃。這次收到韓翃的來信，柳氏立刻灑淚寫下了這首《楊柳枝》，交給信使帶回：

楊柳枝，芳菲節，可恨年年贈離別。
一葉隨風忽報秋，縱使君來豈堪折？

收到柳氏的回信後，韓翃更加不能割捨思念之情。等他跟隨侯希逸回到長安時，有一天在城東南角信步而行，一輛華貴的犢車從身邊緩緩經過，突然車中有女子失聲問道：「這不是青州的韓員外嗎？」韓翃連忙回答：「正是。」只見車簾掀開，露出了一張魂牽夢縈的面龐，居然是妻子柳氏。她哽咽低聲急促言道：「我被沙吒利所擄，沒希望脫身了。明天我會從此路回去，願君再來道別！」韓翃見柳氏依然掛念自己，深為感動，第二天如期前往等待。那輛犢車果然又從原路返回而來，經過韓翃身邊時，柳氏掀開車簾，將一個紅布小包投在韓翃腳前，慘然道：「與君從此永訣！」犢車加快速度，轉眼而逝。

韓翃拾起紅布小包，打開一看，是一個精緻的小盒子，裡面裝著柳氏常用的胭脂香膏。聞著熟悉的幽香，想到與愛妻從此生離死別，韓翃不禁大慟。當天正好有唐軍高級將領在長安酒樓設宴邀請他，韓翃到了酒席上只顧低頭喝悶酒，神情鬱鬱寡歡。賓客們很詫異：「韓員外平時飲酒都是談笑風生，今天怎麼如此落寞呢？」韓翃三杯濁酒下肚，悲從中來，忍不住便將一腔苦水盡情宣洩而出。

座中有位年輕的小將許俊，借著酒興站起身來朗聲道：「現在請韓員外手書幾個字給尊夫人作為信物，在下當立刻為您解決此事！」滿座賓客都激賞稱讚許俊的豪氣，韓翃雖然不信這年輕人能奈何得了沙吒利，在眾人的一片催促中，不得已只好匆匆寫了一句給柳氏的話。許俊收好字條，立刻離席裝束整齊，拉過兩匹駿馬，騎上一匹牽著另一匹飛馳而去，直奔沙吒利的府第。

所謂天助自助者，正好沙吒利離家外出，許俊直入大門，高聲叫道：「將軍剛剛墜馬傷重，恐怕凶多吉少，急召柳夫人見最後一面！」柳氏吃了一驚，出房來看，許俊即暗中出示韓翃的手書，將柳氏扶上駿馬，加鞭而去，留給愕然的滿府家人兩個瀟灑的背影。等他們一路飛奔回到酒樓，宴席還沒有結束，許俊當眾把柳氏交給韓翃，哈哈笑道：「幸不辱命！」滿座賓客無不驚嘆。

唐代宗所借重的沙吒利這批蕃將，在平定安史之亂中曾立功出力，眾人擔心許俊此舉是為了一個女子闖下破壞民族關係、有損維穩大局的大禍，闔座一同去向侯希逸彙報，請他想個辦法擺平此事。侯希逸聽得氣血翻湧，撫髯扼腕叫道：「這種豪舉是老夫年輕時做過的，而許公子今天又能如此，好不痛快！」立刻給皇帝上表，陳說了韓翃夫妻的感人故事，指斥沙吒利強搶柳氏，破壞民族團結。皇帝讀了奏報也感嘆不已，親筆御批：「將柳氏判回給韓翃，另外賞賜給沙吒利兩千匹絹（也有一說是兩百萬錢）。」這是用經濟補償的方式來安撫沙吒利，畢竟能用錢解決的，那都不叫事兒。韓翃夫妻終於破鏡重圓，抱頭痛哭。

紅葉傳詩

講完皎然和尚、李季蘭、唐德宗、韓翃這條支線後，現在回到韋應物這條主線。據說韋蘇州很愛乾淨，到哪裡都要焚香掃地而坐。有潔癖者看得上的朋友也不會多，唯有顧況、劉長卿、皎然和尚等區區幾人而已。

顧況，字逋翁，和劉長卿年紀相仿，他曾有過一段有如傳說般的浪漫愛情故事。顧況年輕時家住洛陽，有一天和一位朋友一起閒逛，走到宮女所居上陽宮的下水口處時，偶然瞥見一片順流而下的紅葉，上面似乎有字跡，拾起一看，上面用娟秀的字體寫著：

一入深宮裡，年年不見春。
聊題一片葉，寄與有情人。

顧況暗自思忖，這應該是長居深宮、寂寞無聊的宮女在投漂流瓶找筆友。才子遇到這種情況，當然要回覆，便將那片紅葉翻過來在背面題道：

愁見鶯啼柳絮飛，上陽宮女斷腸時。
君恩不禁東流水，葉上題詩寄與誰？

然後顧況走到上陽宮的上水道，將紅葉放下去，目送著它慢慢漂入宮中。他隨手做完這件有趣的事情之後，也就忘到腦後去了。幾天後，顧況宅在家裡讀書，那位朋友突然手執一片紅葉興沖沖的闖進來，一路大叫道：「顧兄，你快來看這是什麼！我剛才路過上陽宮外，可巧又撿到一片題了詩的葉子！」顧況聽了立刻跳起身來，一把從朋友手中奪過紅葉，只見上面題著四句詩，秀美的字體與前幾天那片紅葉上的筆跡一模一樣：

一葉題詩出禁城，誰人酬和獨含情。
自嗟不及波中葉，蕩漾乘風取次行。

▲ 顧況在紅葉上的題詩，讓他找到真愛。

不知這位宮女是否每天都負責打水，那天居然真的收到了顧況投回來的漂流瓶。這種小概率事件的發生，就只能稱之為「天作之合」。此後顧況和這宮女便經常到上、下水道投件、收件，從而建立了穩定的水戀筆友關係。但雙方都知道，這是一段沒有明天的感情。

禍兮福兮，不久之後安史之亂爆發，洛陽淪陷，這對很多詩人來說是悲劇事件，但對顧況來說卻是機遇。**他趁著一片大亂之時，孤身闖入上陽宮**，尋到了這位宮女，並成功完成了好萊塢式的大逃亡。隨後兩人喜結連理，白頭到老。從此這對才子佳人就成為了傳說，一直被模仿，從未被超越。「紅葉傳詩（或稱「下池軼事」）」也成為著名典故，紅葉被視作堅貞不渝的愛情象徵。

顧況後來成為大名士，據說活了九十多歲。在他七十多歲的時候，有一位年輕的詩人正是靠著他的提攜，登上了唐詩舞臺的中央。

第十七章

白居易的詩不脫離現實，《長恨歌》卻顛倒黑白

受到顧況提攜的這位年輕詩人，正是本章主角白居易。

白居易，字樂天，比顧況小四十多歲。他初到長安時尚未成名，打算按照唐朝的風俗，帶著自己的詩文去拜見當時的名士，若能得到對方的賞識和推舉，便可在京城迅速提升知名度。當年陳子昂這樣做過；李白也這樣做過，甚至還寫一句非常肉麻的「生不用封萬戶侯，但願一識韓荊州」，來吸引韓大人的眼球，但實際效果甚微。所以白居易在深思熟慮之後，決定去拜訪顧況先生。

長安米貴

到了顧府門前，白居易託門房遞入自己的名片和詩集，請顧況品鑑一下。顧況看了一眼名片，撚鬚微笑：「白居易？長安米價方貴，居亦大不易啊。」隨手翻開詩集，但見第一頁上用遒勁的字體，寫著那首流傳至今的《賦得古原草送別》：

離離原上草，一歲一枯榮。
野火燒不盡，春風吹又生。
遠芳侵古道，晴翠接荒城。

又送王孫去，萋萋滿別情。

顧老先生讀後不禁撚鬚讚嘆：「這青年若晚生一千三百多年，尚須逃離北上廣。如今既有幸生在我大唐，既無須負擔個人所得稅、增值稅、營業稅、企業所得稅、契稅、印花稅、房產稅、汽油消費稅等，也無須負擔高房價，有才如此，居即易矣！」立刻廣為推介，於是白居易的詩名很快譽滿長安，據說二十七歲時就進士及第。

按唐代科舉的規矩，如果考試指定詩題，交卷時標題前應加上「賦得」二字。對答卷的要求類似詠物詩，起承轉合要分明，對仗要工整，比興要渾然一體，總之束縛非常多，所以向來佳作甚少。相傳白居易寫此《賦得古原草送別》時年方十六，該詩算是一篇模擬考題作文，卻能**在戴著鐐銬跳舞的體例中，成為千古名篇**，難怪顧況愛不釋手。

元好問對白居易的評價是「并州未是風流域，五百年中一樂天」。白居易祖籍太原，屬於并州。在元好問眼中，這地兒五百年才出一位大天才。人們大都只看到了天才的成功，卻不知天才是怎樣煉成的。實際上，即使天資再出眾的人，仍需苦練方能成才。

樂天自幼聰穎過人，仍然勤學苦讀，二十歲以後是白天練寫賦、晚上練寫字、中場休息練寫詩，根本沒有時間玩樂，以至於練得口舌生瘡、手肘生繭、齒衰髮白（《與元九書》中的自述），如此方能成其大名。

童嫗能解

白居易的詩在唐朝時就廣為流行，它具有兩個非常鮮明的特點。在白居易去世時，大老闆唐宣宗李忱親自寫悼詩，將這兩個特點貼切的表達出來：「童子解吟長恨曲，胡兒能唱琵琶篇。」

說白了，白居易詩的第一個特點，是用詞淺顯易懂，童子老嫗皆能聽明白，不像賈島故意走生僻高深路線。白居易每次寫好詩後，會先拿去唸給一位老婆婆聽，如果她聽不懂，就拿回來修改，一直修改到她能聽懂才發表，所以被讚為**「詩到香山老，方無斧鑿痕」**。天才的詩文並非不需要修飾，反而是要用心修飾到通暢圓熟，不留任何刻意造作之處。不像今天有些人寫文章，非得高深晦澀到讓人側目。

白居易詩的第二個特點，是當時的聲譽便從中原遠播到域外。正因為用詞淺顯易懂，男女老少都喜歡吟誦，所以受歡迎。長安城有位歌伎收的出場費是市價的雙倍，因為她自誇說：「我能唱誦白學士的整首《長恨歌》，其他歌伎怎能和我相比呢？」

有個人叫葛清，從脖頸到後背，但凡有空的地方，都刺上了白居易的詩歌，密密麻麻一共三十多處，還請人配上了圖畫，人稱為「白舍人行詩圖」，意即「能走的詩歌圖畫」。

居易詩不但遠播西域，還東渡扶桑。日本人對白居易的熟悉程度甚至超過了李白，醍醐天皇曾言：「畢生所愛，《白氏文集》七十五卷是也。」白居易被後世尊為「詩魔」、「詩王」；而在當年，「詩仙」的名號不是屬於李太白的，而是屬於白樂天的。

長恨歌

名氣大了就有發言權，而強大的發言權，在監督缺位時，自然容易顛倒黑白、混淆視聽。現代有「畝產萬斤（按：指中國在大躍進中各地浮誇風盛行，虛報誇大宣傳糧食產量）」，古代有《長恨歌》。

楊玉環本來是唐玄宗兒子壽王李瑁的正妃，被唐玄宗見色起意搶奪而來，眼見得天子貴妃比壽王妃要風光富貴得多，楊玉環當然從了。唐朝算是中國歷史上風俗最開放的朝代，在這樣一個少數民族的血統和文化，沖淡了中原傳統的時代，對於皇室內的爬灰（按：公公跟媳婦之間有曖昧行為），大家還算能接受，何況還有唐高宗李治，娶自己的小媽武媚娘一事在前開路。

但這畢竟是公公和兒媳之間的狗血劇情，換了其他人也不好意思高調謳歌，白居易卻能將這不可能的任務，完成得出類拔萃，僅憑一己之力，就扭轉了唐玄宗和楊貴妃在多數國人心目中的形象。不需要其他理由，只因為《長恨歌》實在太優美了。德國納粹時期的國民教育部部長戈培爾說，枯燥的謊言重複一千遍，就能成為真理，何況這動人的《長恨歌》傳唱了一千多年呢。唐明皇與楊貴妃最終演變為刻骨生死戀的象徵，雖然安祿山那肥碩的陰影總揮之不去。他們的愛情神話是這樣開始的：

漢皇重色思傾國，御宇多年求不得。
楊家有女初長成，養在深閨人未識。
天生麗質難自棄，一朝選在君王側。
回眸一笑百媚生，六宮粉黛無顏色。

詩中用漢武帝指代唐玄宗，明明搶了自己的兒媳婦，卻說人家原是養在深閨中。唐玄宗大概想起武媚娘改嫁給唐高宗之前，先去寺廟出家鍍了一層金，所以也特意讓楊玉環先出家為道姑再接回宮來，算是向祖父母致敬。第三、四聯是千古名句，成為「天生麗質」、「回眸一笑」、「六宮粉黛」三個成語的出處。

可恨不明真相的群眾，總是不能以穩定大局為重，所以「第一夫人」原來是皇上兒媳的謠言開始流傳。這對苦惱的情侶，只好跑到離長安六十里外的驪山華清池度假，圖個耳根清淨。為了維穩，官府迅速逮捕了幾個茶館大V（按：中國用語，身分獲得認證的微博意見領袖，是製造和傳播謠言的重要渠道）；大唐驛報經過轟轟烈烈的大討論，弘揚「愛情無法透過榮華富貴買到」的正確價值觀。一片和諧之後，這對情侶終於過上快樂幸福的生活：

春寒賜浴華清池，溫泉水滑洗凝脂。
侍兒扶起嬌無力，始是新承恩澤時。
雲鬢花顏金步搖，芙蓉帳暖度春宵。
春宵苦短日高起，從此君王不早朝。

影視作品中的唐玄宗常常是英俊瀟灑的，比如電影《王朝的女人．楊貴妃》中的黎明叔叔是不是很帥？其實李隆基比楊玉環大了三十三歲，但年齡並不是問題。她愛吃荔枝，老公李隆基既會照顧人，手上又有資源，就下旨用傳遞緊急軍情的快馬接力的方式，將產於嶺南的新鮮荔枝直送到華清池。杜牧的《過華清宮．其一》生動的描繪了這窮奢極欲的感人愛情：

長安回望繡成堆，山頂千門次第開。
一騎紅塵妃子笑，無人知是荔枝來。

馬都累死好幾匹了，而荔枝尚未變色。這不要緊，因為千里馬常有，而貴妃娘娘喜歡的荔枝不常有。荔枝確實是很美味的水果，後來蘇軾被貶官嶺南時，就為它寫下一首充滿革命樂觀主義精神的《惠州一絕》：

羅浮山下四時春，盧橘黃梅次第新。
日啖荔枝三百顆，不辭長作嶺南人。

同樣是吃荔枝，蘇軾得被遠貶到不毛之地，才能把吃荔枝當作一種補償來享受，而玉環妹妹卻可以一邊泡著溫泉，一邊坐享按時必達的快遞服務，這就是魯蛇和女神的區別，也是「學得好」和「嫁得好」的差別。吃得好還只是馬斯洛需求的第一層而已，女神把第五層的自我價值實現也發揚到了淋漓盡致的地步：

姊妹弟兄皆列土，可憐光彩生門戶。
遂令天下父母心，不重生男重生女。

一人得道雞犬升天，這是自古不變的規律。楊玉環的得寵，使她的兄弟們都列土封侯，姐妹們都當上了一品夫人。在男尊女卑、重男輕女了幾千年的中國歷史上，出現了少見的重女輕男的景象，因為生個女兒還有可能讓她去當皇帝的寵妃，生個男孩難道還敢讓他去造反、自己當皇帝嗎？另外，雖然詩文野史中，暗指唐玄宗與三姨子虢國夫人有染，但從《長恨歌》所描寫的愛情故事來看，晚年的唐玄宗對楊玉環頗為專情：

承歡侍宴無閒暇，春從春遊夜專夜。
後宮佳麗三千人，三千寵愛在一身。

楊玉環雖未封皇后，但唐玄宗在貞順皇后（生前為武惠妃，死後被唐玄宗追贈皇后之位）過世後，再未正式冊立過皇后，貴妃便是後宮第一人，而她更是實際享受到了皇后待遇。

可惜好日子不能永遠這樣過下去，楊貴妃傳說中的情郎安祿山，因為自己不能變成女人去當寵妃，所以只能造反打算當皇帝。因承平日久而毫無戰備的各地唐軍，在早有預謀的安史叛軍面前不堪一擊，長安的門戶潼關很快便失陷。唐玄宗丟下王維等大臣，帶著寵妃、近侍倉皇出逃。到了馬嵬坡，終於「六軍不發無奈何，宛轉蛾眉馬前死」，楊貴妃在此香消玉殞。

安史之亂平定後，唐玄宗回到長安，每當「春風桃李花開日，秋雨梧桐葉落時」，走過那些自己曾經和愛妃一起遊玩的地方，看見「西宮南內多秋草，落葉滿階紅不掃」，不禁對愛人難以忘懷。

為了尋找她死後的去向，唐玄宗找來了據說有法術能夠上天宮、入地府的道士，「上窮碧落下黃泉，兩處茫茫皆不見」，費了很大勁兒以後，終於在某處海外仙山，找到已經成仙的楊玉環。可惜天上人間，仙人永隔，能做的只有回憶當年的誓言了：

在天願作比翼鳥，在地願為連理枝。
天長地久有時盡，此恨綿綿無絕期！

《長恨歌》一炮打響，全民傳唱，但白居易後來卻認為此詩不能登大雅之堂。

白堤斷橋

白居易在風景秀美的杭州擔任刺史期間，寫下《錢塘湖春行》：

孤山寺北賈亭西，水面初平雲腳低。
幾處早鶯爭暖樹，誰家新燕啄春泥。
亂花漸欲迷人眼，淺草才能沒馬蹄。
最愛湖東行不足，綠楊蔭裡白沙堤。

詩裡的「白沙堤」，就是今天西湖上的白堤。很多人（包括杭州本地人）都以為這條白堤是白居易所築，非也非也！白居易築的是「白公堤」，西湖上的是「白沙堤」。但白居易曾經疏浚西湖水系、造福當地百姓的政績是確鑿無疑的，據說他離開杭州時還留了一首《別州民》：

稅重多貧戶，農饑足旱田。
惟留一湖水，與汝救凶年。

為官一任，造福一方，所以杭州百姓很懷念他，有意無意的把西湖上秀美的白堤，說是白居易所修，也算是一個美麗的誤會。筆者初到上海讀大學時，第一個國慶日就急不可耐的跑到杭州去看慕名已久的西湖，一見之下果然是秀美絕倫，「人間天堂」果然名不虛傳。白堤上最有名的景點是斷橋，但筆者在白娘子泡到許仙的斷橋上低頭尋摸，走了三個來回，也沒看出斷在何處，只好大膽請教幾位本地人：「**請問這座橋為什麼叫斷橋啊？**」被問者都是一邊搖頭說不知道，一邊用鄙視的眼光打量筆者，意思大概是：我們一直就這麼叫的，還有「為什麼」嗎？

筆者想了想，有什麼樣的問題，就得去問什麼樣的人，正好瞄著一位老先生正在湖邊鍛煉，看起來像是退休知識分子，於是向人家請教這個問題，果然得到了可靠的答案。原來每當瑞雪初晴，站在附近的山上眺望，橋的陽面已冰消雪融，而陰面依然白雪覆蓋，雪鏈在橋中而斷，看起來仿佛是橋斷了，故名斷橋。

從斷橋上走過一段白堤，便到了傳說中的孤山。與孤山有關的名氣最響的人物，是《笑傲江湖》中被關押在此多年、一統江湖日月神教教主任我行，但有真實身分證的名人，則要數「梅妻鶴子」的林逋。林逋是中國歷史上一隻手數得著的著名隱士。因他逝世後宋仁宗賜謚號「和靖先生」，所以世人稱他為林和靖。林和靖頗有詩名，但說實話，筆者連一首也記不全，只能背得兩句。張若虛僅憑一首《春江花月夜》就號稱「孤篇壓全唐」，已經令很多人不忿；**林和靖更過分，只靠下面這兩句詩，就在詩歌史上穩穩的搶得一席之地**。憑什麼呢？若為歷代詠梅詩評個名次，這一聯基本上穩居榜首：

疏影橫斜水清淺，暗香浮動月黃昏。

中國歌手沙寶亮唱的那首〈暗香〉，出處就在這裡了。梅花這種隱隱約約、似有還無的清幽香氣，特別契合中國的傳統文化，在品位上勝於濃烈有餘、含蓄不足的桂花、水仙之類，成為文人墨客心目中的頂級花卉。所以歐陽修評論道「前世詠梅者多矣，未有此句也」，王士朋的評價則是「暗香和月入佳句，壓盡千古無詩才」。

其實此句並非林和靖原創，五代南唐詩人江為，有一聯是「竹影橫斜水清淺，桂香浮動月黃昏」，詠的是竹子和桂花。林和靖只改了兩個字，變成「疏影」和「暗香」，用以詠梅，遂成千古絕唱。這事放在今天，不知道會不會被江為告抄襲，但林詩這兩字的境界，明顯高於原詩，可謂點石成金。

賣炭翁

在杭州刺史任內，白居易不僅修堤治水、灌溉出良田千頃，還主持疏浚李泌留下的六井，解決了人民的飲水問題。離任時他兩袖清風，只帶走了兩片天竺石，甚至將大部分節餘的官俸，留在州庫之中。後任刺史們在公務周轉不足時，便去借用這筆基金，事後再補回原數。優良傳統延續了五十年之久，一直到黃巢之亂時，文件多被焚燒，這筆錢才不知去向。

白居易離開杭州以後，對江南美景依舊魂牽夢縈，寫出了《憶江南》詞三首。第一首如下：

江南好，風景舊曾諳。
日出江花紅勝火，春來江水綠如藍。
能不憶江南？

這首詞因為入選中國語文課本而膾炙人口。「藍」是指藍草，葉子可以用來製造青綠色染料。跟「青出於藍，而勝於藍」裡的藍是同一意思。第二首雖然名氣稍遜，絕對也是傑作：

江南憶，最憶是杭州。

山寺月中尋桂子，郡亭枕上看潮頭。
何日更重遊？

中國語文課本中，還有一首白居易的《賣炭翁》，筆者每次讀到「可憐身上衣正單，心憂炭賤願天寒」，都忍不住發一聲長嘆，「長太息以掩涕兮，哀民生之多艱（哀嘆生活艱辛）」。全詩以淺白的用詞、強烈的對比，將體制外人民，被體制內臨時工隨意搶奪的困苦處境，描繪得淋漓盡致、催人淚下。但「半匹紅綃一丈綾，繫向牛頭充炭直（按：意思是半匹紅紗和一丈綾，朝牛頭上一掛，充當炭的價錢了。形容官方用賤價強奪民財）」的結局，也不算特別悲催。

筆者曾看到這樣一則新聞，一位八十五歲老人，還在街頭騎三輪賣苦力度日，更不幸的是，那位老人路遇不良警察搶車，儘管苦苦哀求並自扇耳光，但仍被沒收電瓶。另外還有新聞說，我們個人拿到的稅後工資，只有企業人力成本的六〇%左右，其他部分都是交社保和個人所得稅了，筆者原以為社保和個人所得稅，就是派到保障孤寡老人基本生活的用處上……怪不得大家說新聞只能分開看，千萬不能看合訂本，否則會產生幻覺。

賣炭翁應該慶幸和白居易一起早生了一千多年，否則損失的就不僅僅是一車炭，而是賴以生存的牛車直接被沒收了。魯迅先生將中國人在歷史上的處境，分為兩個尷尬的時代，有人看了不爽，就被請出中小學語文課本。《賣炭翁》沒被請出語文課本實在很僥倖。

第十八章

定遠何須生入關，仍留一箭定天山

「大曆十才子」中的李益，有首名篇《江南曲》，描繪了一位婦女對丈夫常年在外經商的閨怨之情：

嫁得瞿塘賈，朝朝誤妾期。
早知潮有信，嫁與弄潮兒。

若以此詩為謎面打唐詩一句，謎底是白居易的另一首代表長詩，《琵琶行》中的「商人重利輕別離」。《長恨歌》沒有列入中小學語文課本，不知道是否是因為前半段的內容少兒不宜，所幸《琵琶行》得以全文入選。

當時白居易因為上書直言政事，而被宰相所惡，被貶為江州司馬。江州在今天的江西省九江市，司馬是刺史的助手。在中唐時期，經常用偏遠地方的刺史、司馬這類官職，來安置被貶的中央高級官員，基本上屬於變相發配。

白居易在江州鬱鬱閒居兩年後，有一天在潯陽江上送別客人，偶遇一位年少時紅極一時、年老卻被人拋棄的歌女，聽到她所彈的琵琶曲，不由得傷懷對方和自己的人生際遇，便寫下了這首《琵琶行》，發出「同是天涯淪落人，相逢何必曾相識」的感慨。其中的「千呼萬喚始出來，猶抱琵琶半遮面」、「別有幽愁暗恨生，此時無聲勝有聲」，都是傳世名句。

投筆從戎

李益最有名的作品，大概是那首約會被戀人放了鴿子之後，所寫的失戀詩《寫情》：

水紋珍簟思悠悠，千里佳期一夕休。
從此無心愛良夜，任他明月下西樓。

前文提到華羅庚用「月黑天高處，怎得見雁飛」，去質疑的著名邊塞詩人盧綸，正是李益的姐夫。而李益自己其實也是一位優秀的邊塞詩人，筆者非常喜愛他那首四句都用到典故的《塞下曲》：

伏波惟願裹屍還，定遠何須生入關？
莫遣隻輪歸海窟，仍留一箭定天山。

第一個典故是「伏波惟願裹屍還」。伏波將軍馬援「馬革裹屍」的典故，第三章中已介紹過，在此不再贅述。

第二個典故是「定遠何須生入關」。班超年輕時的工作是抄寫文書。有一次，他正在伏案揮毫，突然擲筆嘆息道：「大丈夫應該學習張騫，在域外建功立業來封侯晉爵，怎麼能夠一直幹這種筆墨營生呢？」他第一次為國出使鄯善，認為「不入虎穴，焉得虎子」，於是帶領隨從三十六人擊殺匈奴使團，挽回外交頹勢，初露鋒芒；後來又用「以夷制夷」的策略，幾乎不費大漢的錢糧兵馬，僅靠整合西域各民族雜牌軍，就為漢朝征服、平定五十餘個大小國家，威震西域。

當時與漢朝、羅馬、安息，並稱四大強國的貴霜帝國，因求娶漢朝公主被班超所拒，動用七萬雄兵越過帕米爾高原，結果被班超打得大敗，從此納貢求和。班超因功被封為定遠侯，後人尊稱他為「班定遠」。

孫中山先生為蔡鍔將軍題寫輓聯「平生慷慨班都護，萬里間關馬伏波」，就是以班超、馬援這兩位東漢名將作比，高度讚頌了蔡將軍的愛國熱忱。

班超身上至少出了「投筆從戎」、「不入虎穴，焉得虎子」、「以夷制夷」、「萬里封侯」四個知名典故，能與之相比的人寥寥可數。班超年近古稀時思念故土，上書漢和帝道：「臣不敢望到酒泉郡，但願生入玉門關。」

第三個典故是「莫遣隻輪歸海窟」。春秋秦晉爭霸之時，晉襄公親帥晉軍在崤山險隘對孟明視率領的秦軍發動進攻，打了一場漂亮的殲滅戰，秦軍「匹馬隻輪無返者」。海窟在這裡代指當時敵人所居住的瀚海，這句詩表現了全殲來犯之敵的必勝信念。順便提一句，孟明視的父親，就是秦穆公用五張羊皮換回來的著名賢臣百里奚。

第四個典故是「仍留一箭定天山」。初唐名將薛仁貴領兵，在天山迎擊九姓突厥十餘萬人的大軍，敵人派了他們之中最驍勇善戰的數十人來挑戰。薛仁貴連發三箭射殺三人，其餘突厥人都心驚膽戰的下馬請降。薛仁貴率師凱旋時，軍中齊聲歌唱：「將軍三箭定天山，戰士長歌入漢關。」這段歷史就叫作「薛仁貴三箭定天山」。薛仁貴的兒子名叫薛丁山，兒媳婦就是巾幗名將樊梨花。

漢書下酒

有意思的是，班超的三位親人都沒有「投筆」，而是一生從事文字工作，並且一位遠比一位有名。我們知道司馬遷寫《史記》，從傳說中的黃帝一直寫到漢武帝太初年間，其實他當代的歷史就已經不太好寫了。太史公身後，許多文人開始為《史記》寫續篇，其中包括「白首太玄經」的文學家揚雄，但大都文字鄙俗、內容失真，不配與《史記》並列。當時有位儒學大家盡心採集前朝遺事、旁觀異聞，作了《史記後傳》六十五篇，他就是班超的父親班彪。班彪一共生有兩子一女，分別是班固、班超和班昭。

班彪的長子班固繼承父親的遺志，博學強記，「以著述為業」，在《史記後傳》的基礎上撰寫完成《漢書》。《漢書》以西漢一朝為主，記錄了上起於漢高祖元年、下終於王莽年間，共兩百多年的歷史事件，開創了「包舉一代」的斷代史體裁。**爾後中國每個朝代的史**

書基本都是按照這個體裁完成的。

班固剛開始寫《漢書》時，有人告發他「私作國史」，因此被捕入獄，書稿也被全部查抄。班超上書漢明帝，說明班固修《漢書》的目的，是頌揚大漢的德政而非毀謗聖朝，好讓後人了解歷史，從中獲取教訓，絕對是有利於和諧穩定的。漢明帝便釋放了班固，還賞賜錢、物資助他繼續完成著作，這下「私史」升級成「公史」了。

班固逝世的時候，《漢書》還差一部分沒有完成，漢和帝便命班固的妹妹班昭續寫，並編校全書。定稿後的《漢書》共一百二十卷，班家人為之奮鬥了四十年，在班昭手中得以大功告成，她也就此成為**《二十四史》中唯一的一位女作者**。《漢書》完成後，連大儒馬融都跪伏在藏書閣外，聽班昭的親口講解。

馬融是伏波將軍馬援的侄孫，東漢末年的著名經學家鄭玄，就是他的弟子。據說鄭玄的弟子達數千人，唐貞觀年間被尊入「二十二先師」之列，配享孔廟。馬融的另一位弟子名叫盧植，唐代時也被配祀孔廟。盧植既是東漢末年的經學大師，也是《三國演義》開篇鎮壓黃巾之亂的名將，劉備就拜在其門下，所以班昭算是劉備的太師祖。

《漢書》的史學性和文學性都很強，深受歷代讀書人的喜愛，因此也留下了許多故事，例如前文提到的顏師古，就是注解《漢書》，而被天才兒童王勃挑了一大堆毛病。北宋詞人蘇舜欽，有段時間和妻子一起住在岳父杜衍的家中，每晚一個人讀書，總要喝掉一斗酒。岳父大人覺得很奇怪，有天偷偷跑去看他是怎麼喝的，只聽他正在朗讀《漢書》中的張良傳。當蘇舜欽讀到「在秦張良椎」，張良派勇士狙擊秦始皇，飛椎誤中副車時，拍案叫道：「惜乎不中！」嘆息完了，就滿飲一大杯。讀到張良對漢高祖說「這是上天將臣賜予陛下」時，他又拍案叫道：「君臣相遇，其唯如此！」嘆息完了，又滿飲一大杯。岳父見此情景，不禁笑道：「**有這樣的下酒物，一斗也實在不算多也。**」這個成語，便叫作「漢書下酒」。

破鏡重圓

隋朝詩人楊素有一次郊遊時，看見一個少年騎於牛背，在牛角上掛了一卷書，邊走邊看得津津有味，幾次差點撞到路邊的樹上。楊素好奇的問道：「哪來的書生，這般勤奮？」那少年倒是認識當朝第一權臣楊素，馬上從牛背上下來參拜：「在下長安李密，拜見越國公大人。」楊素問其讀的是何書，李密答曰《漢書．項羽傳》。一番交談後，楊素很欣賞李密的學識，回家後便對兒子楊玄感說：「我看李密的見識風度，不是你們能比的。」楊玄感因此傾心結交李密。在隋末天下大亂中，李密成為瓦崗軍的領袖，秦叔寶、程咬金、徐茂公這些牛人都曾是他的部下。這是「牛角掛書」的典故，可見《漢書》的受歡迎程度。《三字經》裡講朱買臣的「如負薪」、李密的「如掛角」，對兩人的評價是「身雖勞，猶苦卓」，堪為後人勤工儉學的榜樣。

楊素率軍滅亡南陳，幫助隋文帝統一全國，結束了中國自西晉五胡亂華以來，數百年的割據狀態，因功被封為越國公，位高權重。陳後主陳叔寶的妹妹樂昌公主，也被隋文帝賞賜給了楊素。

樂昌公主原本是南陳太子舍人徐德言之妻，兩人情義深厚。隋軍重兵壓境之際，徐德言眼看陳國將亡，便把一面銅鏡破為兩半，遞給妻子半片，流淚說道：「國破家亡在即，妳我定會分離。以妳的容貌才華，國亡後必會被掠入隋朝功臣之家。妳可在明年正月十五那天，差人將此半片銅鏡拿到長安街市中高價叫賣。只要我還倖存人世，那天就一定會趕到都市，透過銅鏡打探妳的消息。倘若蒼天有眼，妳我今生也許還有相見之日。」

隋軍攻下南陳，兩人果然離散。徐德言顛沛流離，好不容易才在第二年正月十五趕到長安，果然看見一個老僕人在叫賣半片銅鏡，但價錢昂貴得無人問津。徐德言心知妻子在此，立刻寫詩一首，託老人帶給樂昌公主：

鏡與人俱去，鏡歸人不歸。
無復嫦娥影，空留明月輝。

樂昌公主進了楊素府之後，本來就終日面無喜色。這次終於看到日思夜盼的丈夫的題詩，更是悲從中來，忍不住放聲痛哭。楊素再三盤問，知道了其中情由，立即派人將徐德言召入府中，與樂昌公主相見。兩人劫後餘生、再次得見，皆是泣不能言，又不知楊素做何打算，心中忐忑不已。楊素讓樂昌公主賦詩一首回贈徐德言，公主含淚吟道：

今日何遷次，新官對舊官。
笑啼俱不敢，方驗做人難。

楊素聽了感慨不已，遂決定成人之美，將樂昌公主送還給徐德言，並贈資讓他們回歸故里養老。這段佳話後來被四處傳揚，**成就了「破鏡重圓」**的典故。

樂昌公主與柳氏這兩位女子，終得破鏡重圓的美好結局，在漫漫歷史中是極幸運的個例。尤其是容貌出眾的女子，在亂世中往往更容易成為悲劇的主角。放在今天，徐德言應該是一個人見人愛的暖男。楊素在為北周滅亡北齊、為楊堅篡周建隋、為隋朝滅亡南陳、為楊廣奪得皇位這樣的軍國大事上，都是翻手為雲、覆手為雨，可稱是一代梟雄，在這件事情上卻顯出了他溫情的一面。

風塵三俠

這次是楊素主動的成人之美，還有一次則是被動的。有一天，越國公的府上來了一位英氣勃勃的年輕人，此人乃是滅陳名將韓擒虎的外甥李靖。從前韓擒虎每次與李靖談論軍事都大喜過望，稱讚他說：「能夠與我探討孫吳兵法的人，只有你啊！」李靖見楊素執掌朝政，便來投效報國。楊素一開始很怠慢這個年紀輕輕的後生小子，但與他交談一番後，覺得此人前程無量，只怕更甚於李密。可見楊素確實有知人之明。

但李靖見楊素已經年老體衰、安於現狀，不再有從前的雄心壯志，內心非常失望。晚上李靖回到客棧，獨坐孤燈旁，只覺得前途茫茫。正在他苦苦思索人生和前途之時，忽然聽到輕輕的敲門聲。

李靖開門一看，門外站著一個頭戴風帽、蒙著面紗的女子，滿腹狐疑的讓她進房內說話。那女子進房後摘下帽子和面紗，露出明豔動人的姿容，差點閃瞎了李靖的眼睛。女神輕啟櫻脣自我介紹：「小女子乃楊司空家的侍女，姓張名出塵。因喜歡手執紅色拂塵，人們**都叫我紅拂女**。小女子侍奉楊司空多年，見過的賓客不計其數，但從未見過像李公子這般英雄俠義、氣宇非凡的人物。絲蘿不能獨生，願託於喬木。因而不辭冒昧前來投奔，情願託付終身。請公子不要推辭！」李靖大喜過望，卻不無顧慮：「楊司空權重京師，妳若逃走，只怕後患無窮。」紅拂女答道：「公子儘管放心。楊司空現在行將就木，不過是苟延殘喘，家中逃走的姬妾甚多，他也無心追究，不足畏也。」正所謂男追女隔重山，女追男隔層紗，李靖放下心理負擔，當即接受。

兩人計議已定，連夜喬裝打扮離開了長安。楊素果然也未派人來追。在逃亡途中，兩人遇到了一位名叫張仲堅的大鬍子怪傑。因他赤髯如虯，故號「虯髯客」。此人原是揚州首富之子，是個高富壯，出生時因為相貌怪異，差點被父親殺掉，獲救後師從於昆侖奴，藝成後欲起兵圖天下。紅拂女見他言行粗獷但氣宇不凡，又一次慧眼識人，與之結為異姓兄妹，這下湊齊了「風塵三俠」。

虯髯客與李靖夫妻一起去拜訪李世民，回來後就嘆息道：「既有真命天子在此，我當另謀他途。」虯髯客本鍾情於紅拂女，但豪俠肯定會以另一種方式愛一個女人。在給李靖留下全部家產和幾本兵書後，便飄然遠去。多年後，李靖夫妻聽說有位大鬍子在扶餘國創業成功，自立為王。

李靖認真研習虯髯客留下的兵書，本領突飛猛進，後來為唐朝北滅東突厥，西破吐谷渾，成為一代名將，因功封衛國公，一生被李世民尊重信任，年近八十而善終。金庸先生應該很欣賞李靖，所以把他的字「藥師」，給了東邪桃花島黃島主作為名字。紅拂女自然也成了鳳冠霞帔的一品國公夫人。《紅樓夢》中，曹雪芹借黛玉的《五美吟·紅拂》，對這位巾幗英雄的眼力和勇氣給予了高度讚美：

長揖雄談態自殊，美人巨眼識窮途。
屍居餘氣楊公幕，豈得羈縻女丈夫？

慧眼美女配潛力股英雄，深情男二號神助攻，老公開掛變黑馬後功成名就，美女得以走上人生顛峰——這種模式絕對是大眾喜聞樂見的。這個故事告訴我們，看人的眼力很重要：眼力不好、追錯人的，沒有後悔藥可買；眼力好、看對人了卻沒敢放手去追的，同樣沒有後悔藥可買。

風塵三俠的故事屬於唐代傳奇，紅拂女和虯髯客都是虛構的人物。透過這麼多強悍人物來襯托出真命天子李世民，才是這段傳奇的主旨。唐代小說家早在一千多年前，就玩透了好萊塢大片的模式：先將敵人或競爭者描繪得超厲害，能勝過他們的主角豈不更厲害？反觀當今某些戲劇，空手就能秒殺敵人，卻得殺個八年，是我們應該鄙視編劇的智商呢，還是編劇在懷疑觀眾的智商？

家學淵源

讓我們的思緒再回到班家。班超遞表請求「生入玉門關」時，因為他的位置實在太重要，朝廷拖了三年也沒有同意。班昭為了幫助二哥，上書漢和帝：「班超出塞時，立志為國捐軀……以一己之力輾轉異域，幸蒙陛下福德庇佑，得以延命於沙漠，至今已有三十年。當年隨他一起出塞的人都已不在人世。

「他如今年滿七十，體弱多病，即使想竭盡報國，也已力不從心。如有突發事件，勢必損害國家累世的功業。妾身聽說古人從軍六十還鄉，中間還有休息的時候。班超在壯年時為國盡忠於沙漠之中，如果衰老時，卻被遺棄在荒涼空曠的原野，這是多麼悲傷啊！因此妾身冒死請求陛下讓班超歸國。」

這封奏疏寫得情理兼備、深沉感人，漢和帝看完之後默然良久，隨即派人西出玉門關，將年逾古稀的班超替回。**班超終於回到中原與班昭兄妹團圓，一個月後就病逝了**。他葉落歸根，得以長眠於故土，不至於客死異鄉，多虧妹妹的感人文筆。漢和帝多次召學識淵博的班昭入宮，讓皇后和貴人們拜她為老師，**稱她為「曹大家**（按：班昭早逝的丈夫姓曹，家在此的發音同姑）」。等到班昭去世時，連皇太后都為她穿孝服，可謂哀榮備至。

班彪膝下只有這三個孩子，論文治有《漢書》下酒，論武功有萬里封侯，不但兒女雙全，且無一庸才。這種神一般的家教在中國三千多年文化史上，再無另一個家庭可以與之比肩，真是令所有的父母高山仰止，頓生可望而不可即之嘆。

據說班氏是春秋時楚國令尹子文的後人，子文是字，名叫鬬穀於菟（按：於菟讀音同烏圖）。《左傳》記載，鬬穀於菟之父是楚國令尹鬬伯比（鬬氏鼻祖），與鄖國國君之女私通後生下他，鬬穀於菟尚在襁褓中時，被母親丟棄到雲夢澤。

某日鄖國國君狩獵，見一隻母虎正在給這嬰兒餵乳，於是將他帶回撫養，了解身世後給他起名為鬬穀於菟，因楚國一帶的人稱乳為穀，稱虎為於菟。鬬穀於菟後來成為楚國令尹，執掌軍政大權二十七載，很有一番作為。看樣子如果一個人出生前，父母沒有做過什麼異夢，出生時沒有紅光滿室等異象，出生後又沒有被某種猛獸乳養過，長大後要想有出息，恐怕很難。子文為了紀念自己的這段奇遇，給兒子起名為鬭班（按：通「斑」，意即老虎的斑紋）。鬭班的後人即以班為氏，這就是班氏的起源。

書聖王羲之字逸少，小字阿菟，很可能屬虎。今天如果有人名中帶菟字，應該也是屬虎的。魯迅當年十分寵愛剛出世的兒子周海嬰，大概有客人為此取笑，他便寫了一首《答客誚》，告訴大家即使山林之王猛虎，對後代也是充滿愛憐：

無情未必真豪傑，憐子如何不丈夫？
知否興風狂嘯者，回眸時看小於菟。

秋涼團扇

班彪的姑姑，也就是班固、班超和班昭的姑奶奶，是大名鼎鼎的才女班婕妤。班婕妤集才德美貌於一身，深受漢成帝的寵愛。漢成帝命人造了一輛大輦（按：音同撚）車，想和班婕妤同車出遊，她卻拒絕說：「臣妾觀看古代留下的圖畫，與聖賢之君同車並坐的都是名臣；而與夏桀、商紂、周幽王這樣的亡國之君同車並坐的，才是寵妃，他們最後都落得身死國滅的結果。臣妾如果和陛下同車進出，能不令人擔憂嗎？」漢成帝認為她言之有理，為了顯示自己是聖賢之君而非昏庸之君，只好作罷。太后王政君聽說此事後，非常欣賞班婕妤，對身邊的人評論說「古有樊姬，今有班婕妤」。樊姬是春秋時楚莊公的夫人，非常賢慧，輔佐「三年不飛，一飛沖天；三年不鳴，一鳴驚人」的楚莊王成為春秋五霸之一，連楚國史書都評價「莊王之霸，樊姬之力也」。王太后的話對班婕妤來說是極大的褒獎，而後世也用「卻輦之德」來形容賢妃的淑德。

漢成帝雖然暫時聽了班婕妤的勸諫，但他本質上就是一個不可靠的君王，所以後來還是離開了賢慧的班婕妤，去寵幸善於迎合自己的趙飛燕、趙合德姐妹。趙飛燕誣告許皇后和班婕妤詛咒後宮、連及主上，導致皇后被廢、婕妤受審。班婕妤從容不迫的申辯道：「妾聞生死有命，富貴在天。修正道尚未蒙福，走邪道還有什麼指望？若是鬼神有知，不會接受害君害人的懇求；若是鬼神無知，懇求又有何用？所以我根本不可能做這種事。」成帝認為班婕妤之言句句在理，又念在以往的恩愛，遂予以厚賞。

經此事後，班婕妤明哲保身，請求前往長信宮侍奉王太后，將自己置於太后的羽翼之下，這樣就不怕趙氏姐妹的暗箭了。甄嬛的好閨蜜眉莊，應該就是從班婕妤身上學到這一招的。從曾經的專寵，到今天的冷落，班婕妤認清了君王的薄幸，為此作了一首《團扇詩》，又名《怨歌行》：

新裂齊紈素，皎潔如霜雪。
裁為合歡扇，團團以明月。

出入君懷袖，動搖微風發。
常恐秋節至，涼飆奪炎熱。
棄捐篋笥中，恩情中道絕。

用潔白的細絹剪裁而成的團扇，在天熱時與主人形影相隨，但一到秋涼便被棄置箱中，後世便以**「秋涼團扇」**來比喻女子失寵。很多詩人都喜歡引用這個典故，並且寫出了諸多名篇，比如王昌齡的《長信秋詞》：

奉帚平明金殿開，且將團扇共徘徊。
玉顏不及寒鴉色，猶帶昭陽日影來。

天色剛剛破曉，班婕妤就打開長信宮金殿的大門，一個人拿著掃帚灑掃。並非沒有宮女可以做這些粗活，只是孤單的她又有其他什麼事情可忙呢？唯有那象徵失寵的團扇與她相伴罷了。

班婕妤的容顏慢慢憔悴，甚至不如寒鴉，因為牠們是從趙飛燕姐妹所住的昭陽宮方向飛來，羽毛上還帶著日影的潤澤。古代常以「日」比喻皇帝，「日影」指的就是君王的恩寵。

團扇詩中最晚卻最著名的，是清代納蘭性德（字容若）的《木蘭詞·擬古決絕詞柬友》：

人生若只如初見，何事秋風悲畫扇。
等閒變卻故人心，卻道故人心易變。
驪山語罷清宵半，淚雨零鈴終不怨。
何如薄幸錦衣郎，比翼連枝當日願。

「人生若只如初見」一句深得人心，成為許多網友的網名。你由此可以看出，該網友要麼是在女朋友處失寵了，要麼是讓女朋友失寵了，反正都不是什麼好事。納蘭容若的父親是康熙朝的權臣明珠；母親愛新覺羅氏是英親王阿濟格第五女，一品誥命夫人。納蘭容若家世顯赫、風流儒雅而又淡泊名利，和賈寶玉非常相似。怪不得當年和珅將《紅樓夢》進呈乾隆御覽，乾隆看後說了一句「此明珠家事也」。某種意義上講，乾隆稱得上是史上第一位紅學家。

中隱閒官

最後讓我們再說回到白居易。經歷了因直言而被貶官的政治教訓以後，他的思想變化很大，早期的銳氣被逐漸消磨，不再堅持於做一個仗義執言的官員，世事從今口不言。他一生為官二十任，領俸四十年，當的大多數都是可以甩開膀子玩兒的閒官。在他擔任正三品的高級閒官太子賓客分司東都時，還為此專門作了《中隱》一詩：

大隱住朝市，小隱入丘樊。
丘樊太冷落，朝市太囂喧。
不如作中隱，隱在留司官。
似出復似處，非忙亦非閒。
不勞心與力，又免饑與寒。
終歲無公事，隨月有俸錢。

可見白居易終於混到「錢多事少離家近，數錢數到手抽筋」，某方面來說，可稱得上人生贏家。白居易顯然對此狀態很滿意，還蓄起了家姬，其中最出眾的分別是樊素與小蠻。樊素善歌，小蠻善舞，白居易曾作**「櫻桃樊素口，楊柳小蠻腰」**來讚美愛姬的楚楚動人。流傳下來就成了「櫻桃小口」和「小蠻腰」的典故。

晚年的白居易大都處於獨善其身的中隱狀態，但有機會的話，依然熱情的兼濟天下。他七十三歲時，還出錢開鑿洛陽龍門潭一帶阻礙舟行的險灘，事成後作《開龍門八節石灘詩二首並序》，其中一詩云：

七十三翁旦暮身，誓開險路作通津。
夜舟過此無傾覆，朝脛從今免苦辛。
十里叱灘變河漢，八寒陰獄化陽春。
我身雖歿心長在，暗施慈悲與後人。

《新唐書》對白樂天的一生，進行了高度的讚揚：「觀居易始以直道奮，在天子前爭安危，冀以立功……當宗閔時，權勢震赫，終不附離為進取計，完節自高……嗚呼，居易其賢哉！」白居易生前詩名傳於寰宇，身後影響更是深遠。他的人生觀、價值觀幾乎成為中唐以後文人士大夫的典範。那種開朗豁達、隨遇而安的樂天精神，兩百餘年後在蘇軾那裡被昇華至顛峰。

唐朝歷代皇帝年表

姓名	廟號	在世（西元）	介紹
李淵	高祖	五六六年至六三五年	唐朝開國皇帝。玄武門之變後，被迫將皇位傳給次子李世民。六一八年至六二六年在位，共八年。病逝，享年六十九歲。
李世民	太宗	五九九年至六四九年	開創著名的貞觀之治。六二六年至六四九年在位，共二十三年。病逝，享年五十歲。
李治	高宗	六二八年至六八三年	太宗第九子，立先王才人武媚娘為后。六四九年至六八三年在位，共三十四年。病逝，享年五十五歲。
武曌	（武周）聖神皇帝	六二四年至七〇五年	太宗才人、高宗皇后。中國歷史上唯一一位女皇帝，六九〇年至七〇五年在位，共十五年。病逝前發遺詔去帝號，稱「則天大聖皇后」，享年八十一歲。

姓名	廟號	在世（西元）	介紹
李顯	中宗	六五六年至七一〇年	武則天第三子。六八四年當年、七〇五年至七一〇年，兩度在位，中間為武則天所廢。被皇后韋氏和女兒安樂公主毒殺，享年五十四歲。
李重茂	殤帝	六九四年至？	中宗幼子。中宗被毒殺後，韋后扶時年十六歲的李重茂即位。一個月後韋后被殺，太平公主和李隆基聯合廢掉李重茂，並將其趕出長安，後事不詳。
李旦	睿宗	六六二年至七一六年	武則天第四子。六八四年至六九〇年、七一〇年至七一二年，兩度在位，中間讓位於母后武則天；後讓位於子李隆基，稱太上皇。病逝，享年五十四歲。
李隆基	玄宗	六八五年至七六二年	睿宗第三子，亦稱「唐明皇」。立兒媳楊玉環為貴妃。七一二年至七五六年在位，共四十四年。在位前半段締造開元盛世，後半段縱容出安史之亂，唐朝由盛轉衰。病逝，享年七十七歲。

姓名	廟號	在世（西元）	介紹
李亨	肅宗	七一一年至七六二年	玄宗第三子。安史之亂中自立為帝，尊玄宗為太上皇。七五六年至七六二年在位，共六年。病逝，享年五十一歲。
李豫	代宗	七二六年至七七九年	肅宗長子。七六二年至七七九年在位，共十七年，「大曆十才子」湧現於此朝。病逝，享年五十三歲。
李適	德宗	七四二年至八〇五年	代宗長子。七七九年至八〇五年在位，共二十六年。在位前期頗有一番中興氣象；後期任用宦官、加重民負，導致民怨日深。病逝，享年六十三歲。
李誦	順宗	七六一年至八〇六年	德宗長子，是唐朝位居儲君時間最長的太子。八〇五年至八〇六年在位，時間不足兩百天，後讓位於子。在位期間採取一系列改革措施，史稱「永貞革新」，但終告失敗。病逝，享年四十五歲。

唐朝歷代皇帝年表

姓名	廟號	在世（西元）	介紹
李純	憲宗	七七八年至八二〇年	順宗長子。八〇五年至八二〇年在位，共十五年。在位前期勵精圖治，重用賢良，改革弊政，史稱「元和中興」；後期日漸驕奢，追求長生不老，不善其終。牛李黨爭從憲宗朝開始。最後被宦官所殺，時年四十二歲。
李恒	穆宗	七九五年至八二四年	憲宗第三子。八二〇年至八二四年在位。在位期間耽於宴遊，親佞遠賢，不理朝政。此時朝中牛李黨爭日熾，朝外藩鎮日甚。服丹藥致死，時年二十九歲。
李湛	敬宗	八〇九年至八二六年	穆宗長子。八二四年至八二六年在位，即位後奢侈荒淫，痴迷馬球、打夜狐。被宦官所殺，時年十七歲。
李昂	文宗	八〇九年至八四〇年	穆宗第二子。八二六年至八四〇年在位，共十四年。執政期間政治黑暗，官員與宦官爭鬥不斷，是唐朝徹底走向沒落的轉型時期。文宗本人也形同傀儡，「甘露之變」後被宦官軟禁，抑鬱而死，時年三十一歲。

姓名	廟號	在世（西元）	介紹
李炎	武宗	八一四年至八四六年	穆宗第五子。八四〇年至八四六年在位。在位時任用李德裕為相，對唐朝後期的弊政做了一些改革，對內打擊藩鎮和佛教，對外擊敗回鶻，加強中央集權，唐朝一度出現中興局面，史稱「會昌中興」。但武宗本人崇信道教，服丹藥而死，時年三十二歲。
李忱	宣宗	八一〇年至八五九年	憲宗第十三子。八四六年至八五九年在位，共十三年。統治期間勤於政事，孜孜求治，對內結束牛李黨爭，對外擊敗吐蕃，被後人稱為「小太宗」。長期服食丹藥，致使病入膏肓，享年四十九歲。大中十三年（八五九年），爆發唐末農民大起義。
李漼	懿宗	八三三年至八七三年	宣宗長子。八五九年至八七三年在位，共十四年。被宦官迎立為帝，在位期間窮奢極欲、豪寵優伶、遊宴無節、好大喜功、崇信佛教。迎佛骨的當年即病逝，享年四十歲。唐朝此時已風雨飄搖，大廈將傾。

姓名	廟號	在世（西元）	介紹
李儇	僖宗	八六二年至八八八年	懿宗第五子。八七三年至八八八年在位，共十五年。感情上依賴宦官，認其為父。被宦官偽造遺詔、迎立為帝，即位後專事遊戲，軍政大事均交於太監之手，黃巢之亂爆發於此朝。病逝，時年二十六歲。
李曄	昭宗	八六七年至九〇四年	懿宗第七子。八八八年至九〇四年在位，共十六年。在位期間一直是藩鎮的傀儡。被朱溫所弒，時年三十七歲。
李柷	哀帝	八九二年至九〇八年	昭宗第九子。九〇四年至九〇七年在位，後被朱溫所廢，唐朝正式宣告滅亡。次年被毒死，時年十六歲。

唐代重要詩人年表

姓名	在世（西元）	介紹
盧照鄰	六三六年至六八〇年	字升之，自號幽憂子，初唐四傑之一。
駱賓王	六三八年至六八四年	字觀光，初唐四傑之一。
王勃	六五〇年至六七六年	字子安，初唐四傑之一。
楊炯	六五〇年至六九三年	初唐四傑之一。
宋之問	六五六年至七一二年	字延清，與沈佺期並稱「沈宋」。
賀知章	六五九年至七四四年	字季真，自號四明狂客，與陳子昂、盧藏用、宋之問、王適、畢構、李白、孟浩然、王維、司馬承禎並稱為「仙宗十友」。
陳子昂	六六七年至七〇二年	字伯玉，世稱「詩骨」。因曾任右拾遺，亦稱「陳拾遺」。
張說	六六七年至七三〇年	字道濟。封燕國公，與許國公蘇頲並稱「燕許大手筆」。
張九齡	六七八年至七四〇年	字子壽，諡文獻。唐朝韶州曲江（今廣東省韶關市）人，世稱「張曲江」或「文獻公」，被譽為「嶺南第一人」。
王之渙	六八八年至七四二年	字季凌。盛唐邊塞詩人，常與高適、王昌齡相唱和。

唐代重要詩人年表

姓名	在世（西元）	介紹
孟浩然	六八九年至七四〇年	名浩，字浩然，號孟山人。襄陽人，世稱「孟襄陽」。山水田園派詩人，與王維並稱「王孟」，與李白交好。
王昌齡	六九八年至七五七年	字少伯。被後人譽為「七絕聖手」、「詩家夫子」，與李白、王維、王之渙、高適、岑參等人交往深厚。
王維	七〇一年至七六一年	字摩詰，號摩詰居士。有「詩佛」之稱。曾任尚書右丞，世稱「王右丞」。山水田園派詩人，同時精於音樂與繪畫。與李白同歲，而無交集。
李白	七〇一年至七六二年	字太白，號青蓮居士，被尊為「詩仙」、「謫仙人」，與杜甫並稱「（大）李杜」。
高適	七〇四年至七六五年	字達夫。曾任散騎常侍，世稱「高常侍」。邊塞詩人，與岑參並稱「高岑」。
杜甫	七一二年至七七〇年	字子美，自號少陵野老，後世稱杜工部、杜拾遺、杜少陵、杜草堂等。被尊為「詩聖」，其詩被稱為「詩史」。
李季蘭	七一三年至七八四年	名李治，字季蘭。美豔多才的道姑，與薛濤、劉采春、魚玄機並稱唐朝四大女詩人。常與劉長卿、皎然和尚等才子名流唱酬。

姓名	在世（西元）	介紹
皎然	生卒年不詳	俗姓謝，字清晝，謝靈運十世孫。著名詩僧、佛門茶事集大成者、茶文學開創者。與茶聖陸羽、書法家顏真卿、詩人韋應物等名士交好。
岑參	七一五年至七七〇年	曾任嘉州（今四川樂山）刺史，世稱「岑嘉州」。與王之渙、王昌齡、高適並稱「邊塞四詩人」。
錢起	七二二年至七八〇年	字仲。曾任考功郎中，世稱「錢考功」。被譽為大曆十才子之冠。
劉長卿	七二六年至七八六年	字文房，自稱五言長城。曾任隨州刺史，世稱「劉隨州」。
顧況	七二七年至八二〇年	字逋翁，號華陽真逸，晚年自號悲翁。曾對白居易戲言「米價方貴，居亦弗易」。
張志和	七三二年至七七四年	字子同，號玄真子。他的《漁父詞》與張繼的《楓橋夜泊》同列入日本的教科書。
韋應物	七三七年至七九二年	曾任蘇州刺史，世稱「韋蘇州」。詩風淡泊清新，以善於描寫景物及隱逸生活著稱。
盧綸	七三九年至七九九年	允言，大曆十才子之一。
戎昱	七四四年至八〇〇年	杜甫的忘年之交，中唐前期比較注重反映現實的詩人之一。

姓名	在世（西元）	介紹
孟郊	七五一年至八一四年	字東野。有「詩囚」之稱，與賈島齊名「郊寒島瘦」。與韓愈相善。
張籍	七六六年至八三〇年	字文昌。曾任水部員外郎，世稱「張水部」。其樂府詩與王建齊名，並稱「張王樂府」。韓愈對其來說亦師亦友。
韓愈	七六八年至八二四年	字退之，自稱郡望昌黎，世稱「韓昌黎」。與柳宗元並稱「韓柳」。後人尊其為「百代文宗」，為唐宋八大家之首。曾提攜孟郊、張籍、賈島等人。
薛濤	七六八年至八三二年	字洪度。唐朝四大女詩人之一，與卓文君、花蕊夫人、黃娥並稱蜀中四大才女。曾與元稹相戀。
白居易	七七二年至八四六年	字樂天，號香山居士。有「詩魔」、「詩王」之稱。前半生與元稹知交，共同宣導新樂府運動，並稱「元白」。後半生與劉禹錫知交，並稱「劉白」。
劉禹錫	七七二年至八四二年	字夢得，有「詩豪」之稱。與柳宗元並稱「劉柳」，與韋應物、白居易合稱「三傑」。
李紳	七七二年至八四六年	字公垂。與元稹、白居易交遊甚密。

姓名	在世（西元）	介紹
柳宗元	七七三年至八一九年	字子厚。河東（今山西運城永濟一帶）人，世稱「柳河東」、「河東先生」。為唐宋八大家之一。
賈島	七七九年至八四三年	字閬仙。有「詩奴」之稱，與孟郊齊名「郊寒島瘦」。受韓愈提攜。
元稹	七七九年至八三一年	微之。與白居易同科及第，共同宣導新樂府運動，終生好友，世稱「元白」。
劉采春	生卒年不詳	唐朝四大女詩人之一。極具影響力的伶人，深受元稹的賞識。
張祜	七八五年至八四九年	字承吉。杜牧的好友。
李賀	七九一年至八一七年	字長吉。家居福昌昌谷（今河南洛陽宜陽縣），世稱「李昌谷」。有「詩鬼」之稱，與李白、李商隱合稱為「唐代三李」。
杜牧	八〇三年至八五二年	字牧之，號樊川居士，世稱「杜樊川」。與李商隱合稱「小李杜」。
溫庭筠	八一二年至八六六年	字飛卿。文思敏捷，八叉手而成八韻，故有「溫八叉」之稱。作詩與李商隱齊名「溫李」，作詞與韋莊齊名「溫韋」。被尊為「花間派」鼻祖。
李商隱	八一三年至八五八年	字義山，號玉溪生，又號樊南生。與杜牧合稱「小李杜」，與溫庭筠合稱「溫李」。

姓名	在世（西元）	介紹
黃巢	八二〇年至八八四年	唐末農民暴動領袖。
貫休	八三二年至九一二年	俗姓姜，字德隱。唐末五代十國時期詩僧，在中國繪畫史上亦有很高聲譽。
羅隱	八三三年至九〇九年	字昭諫。史載他「十上不第」，晚年歸依吳越王錢鏐。
韋莊	八三六年至九一〇年	字端己，韋應物四世孫。「花間派」代表，與溫庭筠並稱「溫韋」。
皮日休	八三八年至八八三年	字襲美，自號鹿門子，又號間氣布衣、醉吟先生。與陸龜蒙齊名「皮陸」。
魚玄機	八四四年至八七一年	本名魚幼薇，字蕙蘭，道號玄機。唐朝四大女詩人之一，是溫庭筠的學生和忘年交。
韓偓	八四二年至九二三年	字致光，號致堯，晚年又號玉山樵人。李商隱是其姨夫。
鄭谷	八五一年至九一〇年	字守愚。曾任都官郎中，人稱「鄭都官」。以《鷓鴣詩》聲名鵲起，人稱「鄭鷓鴣」。是侍僧齊己的「一字之師」。
齊己	八六三年至九三七年	俗名胡德生，晚年自號衡岳沙門。唐末五代十國時期詩僧。

※本年表採用大致紀年，可能與不同資料有細微差別

WD002

精英必備的素養：全唐詩（初唐到中唐精選）

尋尋覓覓的人生啟發、不能直話直說的心事，他們用千古名句表述己志。

作　　者／鞠　菟
責任編輯／陳竑悳
校對編輯／馬祥芬
美術編輯／林彥君
副總編輯／顏惠君
總 編 輯／吳依瑋
發 行 人／徐仲秋
會　　計／許鳳雪
版權經理／郝麗珍
行銷企劃／徐千晴、周以婷
業務專員／馬絮盈、留婉茹
業務經理／林裕安
總 經 理／陳絜吾

國家圖書館出版品預行編目（CIP）資料

精英必備的素養：全唐詩（初唐到中唐精選）：尋尋覓覓的人生啟發、不能直話直說的心事，他們用千古名句表述己志。/ 鞠菟著 . -- 初版 . -- 臺北市：任性，2018.09
320 面；17×23 公分
ISBN 978-986-96500-3-8(平裝)

1. 全唐詩 2. 研究考訂 3. 中國 4. 人文史地 5. 文學小說

831.4　　107010543

出 版 者／任性出版有限公司
營運統籌／大是文化有限公司
臺北市衡陽路 7 號 8 樓
編輯部電話：（02）23757911
購書相關資訊請洽：（02）23757911 分機 122
24 小時讀者服務傳真：（02）23756999
讀者服務 E-mail: haom@ms28.hinet.net
郵政劃撥帳號 19983366 戶名／大是文化有限公司

香港發行／豐達出版發行有限公司 Rich Publishing & Distribution Ltd
香港柴灣永泰道 70 號柴灣工業城第 2 期 1805 室
Unit 1805, Ph.2, Chai Wan Ind City, 70 Wing Tai Rd, Chai Wan, Hong Kong
Tel：2172-6513　Fax：2172-4355
E-mail:cary@subseasy.com.hk
法律顧問／永然聯合法律事務所

封面設計／孫永芳
內頁排版／邱介惠
印　　刷／緯峰印刷股份有限公司
出版日期／2018 年 9 月初版
定　　價／新臺幣 360 元
ISBN　978-986-96500-3-8